音乐的超骑

Yin
Yue
De
Chi
Bang

赵丽宏

著

长江出版传媒
长江文艺出版社

世界上有无数关闭着的门。每一扇门里，都有一个你不了解的世界。求知和阅世的过程，就是打开这些门的过程。

我终于看见了远方山坳里的炊烟。它优美地飘动着，无声无息地向我透露着一个质朴的希望。

但丁穿着宽大的长袍，伫立在精致的台基上，诗人的目光，一如他故居前那尊铜像，忧郁而深邃，俯视着夜色迷茫的大地。

我独自沉浸在对音乐的回忆中，这种回忆如同灿烂的星光洒进我灰暗的生活，使我在坎坷和泥泞中依然感受到做一个人的高尚和珍贵。

永远地留在了世界的记忆中。

凡·高像一支蜡烛，在黑暗中毫不吝惜地燃烧自己的生命，那一簇火光，

像所有的花朵同时在交谈

冷玉斌

全国"百班千人"总导师
"国培计划"北京大学小学语文课程开发及教学指导专家

《音乐的翅膀》收录了赵丽宏先生三十余篇精美散文，这些散文题材多样，内容生动，有记人叙事、风景游历、音乐欣赏、名画品读，篇与篇之间，既各自独立，又遥相呼应，正如书里一文所引阿赫玛托娃的诗句"像所有的花朵同时在交谈"，鲜明地表现出赵先生散文的艺术风格与写作特色。

曾有人评论，作为散文者的赵丽宏先生文采飞扬，他把自己的理想和憧憬，通过独具个性的文字，不断地向世界表达着，"语言朴素，叙事简洁，情感真挚，清新悠长"，阅读这册散文选集，的确能不断感受到这样几个关键词，同时，在这几个关键词里，以文学瞻望，又能品味出更多滋味。

说赵先生散文"语言朴素"，确实如此，但这朴素并非刻意经营，一来他所记所录，往往正是生活当中朴素的场景，他看见，他思考，他写作，朴素的是这样一种写作源头与过程，书中有一篇短短的《亮色》，赵先生是这样记录他初遇轮椅与老人的：

　　如果说，轮椅的破旧只是引起了我的注意，那么，当我的目光在坐轮椅者的身上停留时，我起先是惊讶，随即便被深深地吸引了。坐在轮椅上的是一位清瘦的老人，年纪在六十岁上下。从他那身褪了色、打着补丁的蓝衣衫裤上不难看出，他过的是一种贫寒的生活。

　　朴素吗？当然朴素。就是一次不经意地相遇，相遇之后引起了我的惊讶，随即被吸引，一字一句，老老实实，没有了不得的修辞，一切浑然如是——为什么赵先生的不少文章被选入教材，我想，肯定有一个原因就在于这种质朴又真实的表达，可以成为语文学习的典范。

　　但是"朴素"也不是赵先生文字里的全部，从这朴素里他往往还能洞彻一种"繁华"，是精神的繁华，是人心的繁华，比如这位老人，赵先生从那两枝瘦弱却美妙的菖兰里，揣测到他的"热爱生活、热爱生命"。这八个字，仍然是朴素的，却又带着一种精神的明亮，生命的丰盛，尤其是对着这样一位老人。

　　"叙事简洁"与"语言朴素"可谓一体两面。《在天堂门口》里写了一位音乐会上不期而遇的邻座，这一部分，赵先生寥寥数节，将他起先对这人的讨厌、疑惑、纳闷到肃然起敬、欣赏、敬佩，描写得明明白白，"他身体前倾，眼睛灼灼发光，脸上是一种专注神往的表情。那粗短的手指和着音乐的节奏，轻轻叩击着膝盖上那个饭盒。更让人不可思议的是，他正在用一种低沉沙哑的声音，准确无误地和乐队一起吟唱着"，只这几句话，让这位邻座爱音乐、懂音乐的形象跃然纸上。

再往下读，简洁里又有更多意犹未尽：

有时候我似乎觉得他就像《天方夜谭》中的人物，闪烁着神秘的光彩。我也曾经运用我的想象力，对他的身份和经历作出种种猜测。在我的猜测里，他是一位受难中的知识分子，他把音乐当成了精神支柱……

这样的猜测非常合理，从阅读上又传达出更多神秘与诗意，更加让读者感应到音乐的魅力，感受到，这果然是"在天堂门口"。所以，赵先生散文里的简洁，另有一番饱满与充分。本册中对音乐、对绘画的描述，更是如此。他写莫扎特的音乐：

和他的《第一钢琴协奏曲》相比，这是完全不同的情绪，前者是孩童对世界美妙的期待，后者是一位饱经沧桑的艺术家发自心灵的叹息。都是莫扎特，都是那么清澈纯净，但反差是如此之大。这就是人生的印记，谁也无法超越它们。

简洁中自有精辟的观察，简洁中又有精妙的评价。

他写凡·高：

凡·高是不会死的，他活在他的色彩中，活在他描绘的风景里。在凄惨的境遇中，他在画布上喷泻着火一般的色彩。这是一种奋不顾身的激情。面对画布，他的孤独和愁苦便烟消云散，沉浸于灿烂遐想时，他的灵魂自由自在、奔放不羁，世界上没有任何力量能阻挡他在艺术的原野里走自己的路。

"凡·高是不会死的"，扑面而来这一句，就是朴素与简洁的交融，却干净利落地表达了作者对凡·高所有的尊敬与推崇，这些文字里的意境，不就是雷诺阿的那一句：

痛苦会过去，美将留下来。

——而这，会是世界上所有文学家、艺术家，最大的梦想吧？

所以，当这本书被你捧起的时候，我也想对你说："不要停留，向前走！"相信你边读边思边悟，一定能从中找到，属于你的最美丽的诗篇，也会增长更多艺术的灵性，生发更多崭新的梦想。

目录

第一辑

为你打开一扇门

为你打开一扇门

　　世界上有无数关闭着的门。每一扇门里，都有一个你不了解的世界。求知和阅世的过程，就是打开这些门的过程。打开这些门，走过去，浏览新鲜的景物，探求未知的天地，这是一件激动人心的事情，也是一个乐趣无穷的过程。一个不想打开门探寻的人，只能是一个精神上贫困衰弱的人，只能在门外无聊地徘徊。当别人为大自然和人世间奇妙的景象惊奇迷醉时，他却在沉睡。

　　世界上没有打不开的门。只要你愿意花时间，花功夫，只要你对门里的世界有探索和了解的愿望，这些门一定会在你面前洞开，为你展现新奇美妙的风景。

在这些关闭着的门中，有一扇非常重要的大门。这扇门上写着两个字：文学。

文学是人类感情的最丰富最生动的表达，是人类历史的最形象的诠释，一个民族的文学，是这个民族的历史。一个时代的优秀文学作品，是这个时代的缩影，是这个时代的心声，是这个时代千姿百态的社会风俗画和人文风景线，是这个时代的精神和情感的结晶。优秀的文学作品传达着人类的憧憬和理想，凝聚着人类美好的感情和灿烂的智慧，阅读优秀的文学作品，对了解历史，了解社会，了解自然，了解人生的意义，是一件大有裨益的事情。文学作品对人的影响，是潜移默化的。阅读文学作品，是一种文化的积累，一种知识的积累，一种智慧的积累，一种感情的积累。大量地阅读优秀的文学作品，不仅能增长人的知识，也能丰富人的感情，如果对文学一无所知，而想成为有文化修养的现代文明人，那是不可想象的。有人说，一个从不阅读文学作品的人，纵然他有"硕士""博士"或者更高的学位，他也只能是一个"高智商的野蛮人"。这并不是危言耸听。亲近文学，阅读优秀的文学作品，是一个文明人增长知识、提高修养、丰富情感的极为重要的途径，这已经成为很多人的共识。

我曾经写过一段文字，题目是"致文学"。这段文字，是我和文学的对话，表达了我对文学的一些想法。让我把这段文字引在这里，愿它能够引起青少年读者对文学的兴趣。

你是广袤的大地，是辽阔的天空；你是崇山峻岭，是江海湖泊。你用彩色的文字，描绘出世界上可能存在的一切美妙景象。不管是壮阔雄奇的，还是细微精致的，不管是缤纷热烈的，还是深沉肃穆的，你都能有声有色地展现。你使很多足不出户的人在油墨的清香中游历了五光十色的境界。

　　你告诉人们，人生的色彩是何等的丰富，人生的旅途又是何等曲折漫长。你把生活的帷幕一幕幕地拉开，让无数不同的角色在人生的舞台上演出激动人心的喜剧和悲剧。你可以呼唤出千百年前的古人，请他们深情地讲述历史，也可以请出你最熟悉的同代人，叙述人人都可能经历的日常生活。你吐露的喜怒哀乐，使人开怀大笑，也使人热泪沾襟。

　　你是遥远的过去，是刚刚过去的昨天，也是无穷无尽的未来。你把时间凝聚在薄薄的书页之中，让读者无拘无束地漫游岁月的长河，尽情地观赏两岸变化无穷的风光。你是现实的回声，是梦想的折光，是平凡的客观天地和斑斓的理想世界奇异的交汇。

　　有时候，你展现漫长的历史，有时候，你只是描绘一个难忘的瞬间。如果你真实、真诚，如果你是真实人生的写照，是跌宕命运的画像，那么人们就会在你面前发出情不自禁的感叹。你是神的一双大手，拨动着无数人的心弦。你在人心中激起的回响，是这个世界上最令人激动的声音。人心是无边无际的海洋，这个海洋发出的声响，悠远而深沉，任何声音都无法模拟无法遮掩。

你是一个真诚而忠实的朋友。你只是为热爱你的人们默默奉献，把他们引入辽阔美好的世界，让他们看到世界上最奇丽的风景，让他们懂得人生的真谛。只要愿意和你交朋友，你就会毫无保留地把心交给他们。你永远不会背叛热爱你的朋友，除非他们弃你而去。

你是一扇神奇的大门，所有愿意走进这扇大门的人，都不会空手而归。而对那些把你当作追名逐利的敲门砖的人，你会把门关得很紧。

亮
色

这是一辆极其破旧的轮椅。因为锈迹斑驳，已经无法辨认它当初是何种颜色。两个轮子的扭曲很明显，转动时车身一颠一颠，像一个醉汉。从嘈杂喧闹的农贸市场经过时，它吱吱呀呀的声音仍能被人听见。

如果说，轮椅的破旧只是引起了我的注意，那么，当我的目光在坐轮椅者的身上停留时，我起先是惊讶，随即便被深深地吸引了。坐在轮椅上的是一位清瘦的老人，年纪在六十岁上下。从他那身褪了色、打着补丁的蓝衣衫裤上不难看出，他过的是一种贫寒的生活。使我惊奇并使我感慨不已的，是挂在轮椅上的那只小竹篮。小竹篮里装着他刚刚选购来的两样东西：一捆空心菜，两枝菖兰。那捆空心菜叶大秆粗，色彩也不鲜嫩，显然他是挑了最便宜的。两枝菖兰一红一白，花枝上结满了将开未开的蓓蕾，但显得瘦弱纤细，毫无疑问，在个体户的鲜花摊上，这也是价钱最低的品种。菖兰和空心菜放在一起，素雅而高洁，就像是在一幅调子灰暗的油画中极醒目地加入明朗鲜亮的一笔，就因为这一笔，整幅油画都变得明亮起来。

老人神态安详地摇着他的轮椅缓缓离去。而那只装着空心菜和菖兰的小竹篮却久久地在我的眼前晃动着，使我的心情无法平静。一个离不开轮椅的残疾老人，每天的菜肴只是一捆空心菜，竟然还想到省出钱来买花，这是何等凄凉又何等动人的一种景象。我也算是花店和花摊的常客，我观察过形形色色的买花者，其中大多是打扮时髦的青年男女，也有衣着简朴却不失风度的中年人和老年人，还有兴致勃勃的外国人。买花，似乎是生活富足、情趣高雅的一种象征，而且两者紧连在一起。像这样坐着破轮椅、穿着旧衣衫的买花者，我还是第一次见到。

我无法揣测老人的身世和家境，但我可以断定，他热爱生活、热爱生命。那两枝瘦弱却美妙的菖兰便是明证。

可敬的老人！但愿他的生活中鲜花常开，也愿他的菜篮子里装的不再仅仅是空心菜。

独轮车

　　曾经在一个又一个寂静无声的夜间醒着，思绪如同浮游的雾气，不着边际地飘，不知何处归宿。于是便努力静下神来，在黑暗中睁大了眼睛谛听，期望能有一些声音飘入耳中，哪怕这声音微弱得难以捕捉，但希望能有。譬如有一管洞箫呜咽，有一把小提琴低吟，或者是一个男人用低沉的嗓音在很远的地方唱一支听不清曲词的歌……然而总是什么也听不到。只有风声在窗外婉转低回，依稀能想见那风是如何撞动了树叶，如何卷起地上的尘土，也想起了发生在风中的数不清的往事……想着想着，风声就似乎发生了变化，不再那么单调，也不再那么无从捉摸。它们在我的耳中化成了音乐，时而是轻柔的小夜曲，时而是雄浑的交响乐，时而是奇妙的无伴奏合唱，旋律既熟悉又陌生。作曲的不是别人，而是自己。

假如热爱音乐，每个人都可能是作曲家。当然，你创造的旋律也许只在你自己的内心回旋，旁人无法听见这些属于你的音乐。小时候不知音乐为何物，只知道有些声音好听，有些声音刺耳，于是总想拣那些好听的声音来听。四五岁时跟大人到乡下去，农民用独轮车把我从码头送到村子里，一路上独轮车吱吱呀呀响个不停。这声音实在不怎么悦耳，像是老太婆尖着嗓门在那里不停地瞎叫嚷，听得人心烦。从码头到村子的路很长，耳边便不断地响着独轮车那尖厉而单调的声音。一路上有很多风景可看，忽而是一片竹林，忽而是一棵老树，忽而是一座颓败的小教堂，当然还有各种各样的石桥，有被炊烟笼罩着的村庄……看着看着，似乎把独轮车的声音忘了，那声音逐渐和眼里掠过的故乡风景融为一体，于是再不觉得刺耳。那时这种木制的独轮车是乡间最主要的运输工具，在公路上，在弯弯曲曲的田埂上，到处是吱呀作响的独轮车。有时候几十辆独轮车排成长龙在路上慢吞吞地行进，阵势颇为壮观。而几十辆独轮车一起发出的声响简直是惊心动魄，那些尖厉高亢的声音交织汇合在一起，像一群受着压抑的人在旷野里齐声呼叫。我无法听懂这种齐声呼叫的意义。我常常凝视着那些沉默的推车人，他们大多是一些瘦削的老人，布满皱纹的脸上没有笑容，车带深深地勒进他们的肩胛，汗珠在每一道肌腱上滚动。我觉得独轮车的声音就是从这些推车人的心里喊出来的……

很多年以后再回乡下，便很难见到这种独轮车了。坐着汽车驶过原野，心里居然惦记着独轮车的声音，希望能再听一听。没有了这些声音，乡村的绿树碧水中，仿佛缺少了一些东西。缺少了什么？我说不清楚。当我向乡里人打听消失了踪影的独轮车时，人们都用诧异的目光盯着我，一位开汽车的中年人反问道："你问这干啥？"在我惶然的沉默中，发问者已笑着作自答："它们早过时了。独轮车的时代不会再回来喽！"

我依旧惶然，只是开始为自己的背时而惭愧。怀恋着这种原始落后的玩意儿，岂不背时？不过我还是又见到了独轮车。那是在一间堆放柴草杂物的小屋子里，一辆古旧的独轮车被蛛网和尘土笼罩着悬在梁上，车把已断了一根，车轮也已残缺不圆。我默默地看着它，一种亲切感油然升上心头。我仿佛看着一把被人遗弃的古琴，琴弦虽已断尽，琴身也已破裂，然而它依然是琴。只要你听到过它当年发出的美妙音响，那么，即便无法再演奏，琴声依然会悄悄地在你心头响起，这旋律，将会加倍地动人。你会用自己的思念和想象使残破喑哑的古琴复活……

而独轮车，大概是很难复活了。只是那悠长而又凄厉的声音，却再也不会从我的心中消失，它们化成了属于我的音乐，时时在我的记忆中鸣响。这音乐能把我带到童年，带回到故乡。

盲姑娘和诗

当了编辑，整天和来稿打交道。我们这个青年文学刊物，吸引了全国各地爱好文学的年轻人，各种各样的诗篇，从全中国的各个角落飞到了我的桌上，堆得像一座小山……

现在，摊在我面前的是一封奇怪的来信，我读了两遍，还是忍不住想读第三遍：

编辑同志：您好！也许您从来不知道我们这个山沟沟，更不会知道我这个小姑娘。我们这个山沟沟到底是什么样子，我也无法向您描绘，但是我能告诉您我们这里的各种各样的声音：山的声音，树的声音，鸟的声音，山溪流过我家门口的声音……这些声音奇妙极了，我永远也听不厌。爷爷告诉我，我们这里所有的颜色全是绿的，可是绿的颜色到底是怎么一回事，我却一点儿说不上来，因为，我生下来就是个瞎子。

您也许会笑我，一个瞎子小姑娘，写这封信干什么？好，我告诉您，我想写诗，并想把我的诗给你们看看。我常常听人们谈论着光明，谈论着这世界上五彩缤纷的一切，而我都看不见，我的眼前，永远是深不见底的黑暗，这是多么痛苦啊。过去我常常哭，觉得我是世界上最倒霉的人。可我身边的人们真好，除了爸爸、妈妈、爷爷，还有许许多多的同学，他们带我上山，教我念书，还朗诵了好多好多的诗。我太喜欢诗了，听着那些美丽的诗句，我觉得自己仿佛不是瞎子了，因为，诗能教我想象，在诗里，我感到自己成了一只自由自在的小鸟，在辽阔的天空里高高地飞翔着，想飞到哪里就能到哪里。我想，有眼睛的人能写诗，我为什么不能写呢？我要写诗，把我的幻想、我的憧憬，全都写在我的诗里……

读着这封信，我仿佛看到了那位山沟沟里的盲姑娘，她正睁大了黯淡的眼睛，用两只小手托着绯红的腮帮沉思着，圆圆的脸蛋上，浮着一片幸福的微笑。是的，她写出自己的诗来了：

在唱着歌的山涧旁，

我抚摸流动的清泉，

沁凉的泉水从我指缝里流过，

我觉得捉住了春天。

在湿漉漉的草地上，

我抚摸绒毛似的小草，

我看到从泥土下钻出的生命了，

我也是其中的一棵。

在春天的树枝上，

我摸到一个小小的蓓蕾，

我要每天来摸一摸她，

一直到花儿悄悄地开放……

这些天真稚憨的诗句，分明是一幅画啊：一个小小的盲姑娘，走到了春天的山坡上，她闻到了春的气息，听到了春的歌唱，但她不满足，她想知道，春天究竟是什么模样。于是她伸出了小手，抚摸着流泉、小草、树枝，用视力健全的人们容易忽略的触觉，感受着春天，看望着春天……

黑暗属于我吗？

不，它只属于死亡！

活着，就会有光明，

就会有一轮亮堂堂的太阳！

我用我的心看世界，

世界是彩色的，我知道，

就像我的缤纷灿烂的思想。

给我画笔吧，

我能画给你看——

蓝的天，白的云，

红的花朵，绿的山岗，

还有一条弯弯曲曲的公路，

通向那升起太阳的远方……

不知怎的，读着她的诗，我只觉得心头一阵颤动，泪珠，滴到了雪白的诗稿上……这哪像是一个从小就生活在黑暗里，从来没有见过光明的盲姑娘写的呢？她的诗行里，流溢出来的是灿烂的阳光，是阳光一般温暖辉煌的憧憬和向往，这是热爱生活、热爱生命的信念在闪光啊……

哦，对了，在我们的城里，我也见到过这样的盲姑娘。那是一个雾色蒙蒙的早晨，我走过黄浦江畔的绿化长廊。雾浓，一切都朦朦胧胧，平时很少有空的长凳，此刻都袒露在晨雾里。然而，居然有两个小姑娘在一条长凳上并肩坐着，合捧着一本又大又厚的书在那里窃窃私语。我觉得奇怪，走近一瞧方才明白，原来她们捧的是一本盲文书。也许是听见了我的脚步声，两个姑娘一起抬起头来——呵，两张红扑扑的青春的脸蛋上，是两双黯淡凹陷的眼睛！知道有人看着她们，姑娘们羞涩了，头靠着头"咔咔"地笑起来，其中那个大一点的姑娘揉了揉她的同伴，轻轻地说："别管他，我们读下去。"于是，两个姑娘用手摸着刺满小点的盲文，聚精会神地读起来，忘记了身边还有个喧闹的世界。我望着她们，默默地站了好久……

我想，在这些盲姑娘的心中，也许有一个更为灿烂、更为美妙的世界吧。她们可以根据自己的想象，不受任何框框的束缚，尽情地在心中描绘她们所向往的世界。她们对人生，对理想，对生命的价值，是坚信不疑的，所以她们会用平常人无法想象的毅力和耐心，在艰难而又坎坷的生活之路上探索、追求，于黑暗中看出光明，于痛苦中寻求欢乐。还是在很遥远的少年时代了，在我上学的路上，几乎每天能看到一对盲夫妇，他们各自点着一根竹竿，手携着手，有说有笑地去上班。我常常跟在他们后面慢慢地走，听着他们的谈话，他们谈厂里的工作，谈家里的事情：买菜、做饭、孩子……我总是纳闷：两个瞎子，你看不见我，我看不见你，更看不见周围的一切，活着还有什么乐趣呢？可他们怎么一点也不忧愁，总是那样乐观，那样兴致勃勃，仿佛整个世界都在向他们微笑……现在，我才明白了。生活中有理想、有追求的人，绝不会是一些怨天尤人的可怜虫，即使他们失去了最珍贵的眼睛！

　　风，轻轻地从窗外吹进来，传送着淡淡的花香。屋外正是春天，一树盛开的樱花，像一片绯红的云霞，在轻轻地飘。那个盲姑娘住的山沟沟里，现在一定春意更浓。可敬的小姑娘啊，你正在干什么呢？

风吹动了我桌上的信和诗稿，仿佛飘飘欲飞……
我忽然定下了一个念头：要是编辑部安排我下去生
活，我要到那个山沟沟里去。在那里，我一定能找到
许多最美丽的诗篇，一定的！

夕照中的等待

下午4点钟，阳光乏力地照到新居的窗上，像一幅懒洋洋的窗帘，能感觉到它缓慢无声的飘动，却无法将它掀起，无法随手将它收拢。

阳光由亮而暗，由金黄而橘红，这些细微却不可逆转的变化，正是我所期待的。

没有阳光的日子，窗外是一片灰蒙蒙的天。我似乎另有期待……

"笃，笃，笃，笃……"

门外楼梯上，响起了一阵清晰而沉着的声音，好像是有人拄着拐杖从楼上下来，经过我的门口，又缓缓下楼。这声音节奏实在慢得很，那笃笃之声由上而下，由重而轻，在我耳畔回旋老半天，依然余音袅袅。

大约过了半个小时，那声音复又从楼下响起，慢慢又响上楼去。这声音节奏更慢，更为浊重。

刚搬进新居那几天，从早到晚杂乱的脚步声不断，听到那笃笃之声时，我只是闪过这样的念头：大概是一个老人，或者是一个病人。

一天天过去，那声音天天在 4 点钟光景响起，从不间断。于是我生出了好奇之心。

有一天，那声音响过我的门口时，我轻轻地打开门。门外的景象震撼了我的心——那是一个身材高大却骨瘦如柴的老人，他佝偻着身子，一手扶着楼梯栏杆，一手撑着拐杖，艰难地从楼上走下来，每走一步，浑身都会发出一阵颤抖。听到我开门的声音时，他抬头笑了一笑，嘴里发出一阵含糊不清的声音，很显然，他在和我打招呼，而且很友好。他那灰黄的脸上显露的笑容有些骇人，布满老年斑的皮肤下凹凸着头骨的轮廓。

如果把生命比作一支蜡烛的话，这老人的生命之火大概已快燃到了尽头。他为什么每天这时候都要走上走下？那180级楼梯对他简直就是一场艰苦而又漫长的马拉松。我无法解开心中的疑团，情不自禁地跟着他走下楼去。

老人双手拄着拐杖，坐在门口的一个花坛边上，目光呆滞地望着前方那空无一人的路，沐浴在温暖而凄凉的光芒中，像一尊苍老的雕塑。注意到他的眼睛时，我不觉怦然心动。这是一双充满渴望的生机勃勃的眼睛，那渴望犹如平静的池塘深处涌动着巨大的旋流。

我在路上慢慢地走，迎面遇到了骑自行车过来的邮递员。这是个沉默寡言的小伙子，因为我的邮件特别多，而且知道我以写作为生，所以见到我很客气，但也从不啰唆。他从邮包中掏出给我的信件和《新民晚报》，目光却越过我的肩膀注视着我的身后。

"怎么？你认识这位老人？"我诧异地问。

邮递员从邮包中抽出一份报纸，很平静地答道："是的。他在等我，等《新民晚报》，每天都等。"说罢，他丢下我，急匆匆地奔向那老人。

老人笑着接过报纸，嘴里又发出一阵含糊不清的声音，这次我听清楚了，他是在道谢。

送报纸的小伙子骑着自行车走了。老人没有回身上楼，又坐到花坛边上。他把拐杖搁在一边，双手捧着报纸读起来。他的手在颤抖，报纸便随着手的颤抖晃个不停。鼻尖几乎碰到报纸，眯缝着的眼睛里闪动着焦灼、激动、贪婪而满足的目光。

一张晚报，对他竟有这么大的吸引力！

"这位老公公90岁了，一张晚报是伊命根子，勿看见晚报，伊会在门口一直坐到天墨墨黑，侬讲滑稽勿滑稽？"说话的是底楼的一位孕妇，她腆着大肚子，站在门口一边打毛线，一边笑着告诉我。

老人已经颤巍巍地拄着拐杖走进门去。于是，那"笃笃笃笃"的声音又在楼梯和走廊里久久地回响……

此后天天如此，不管阴晴雨雪，每到下午 4 点，那拐杖声便在楼梯上响起，仿佛已成为我们这栋楼的一个组成部分。我在读晚报的时候，很自然地便会想起老人那焦灼、激动、贪婪而满足的目光。晚报上的消息和文章大多平平淡淡，然而大上海三教九流形形色色的生活却展现其中。晚报打开了一扇窗口，为老人孤独寂寞的晚年吹送着清新的风。一张晚报，在他面前是一个广阔而又热闹的世界，埋头在报纸里的时候，他的感觉也许就像已置身在这个世界中一样了。

一天傍晚，我出门办事回来，看见老人已在门口坐着等邮递员了。他将下巴支在拐杖扶手上，目光紧盯着那条空无一人的路。不一会儿，天下起雨来，雨珠又大又密，很快就把黄昏的世界淋得透湿。这时，只见好几个人围着老人，底楼那位孕妇清脆的嗓音很远就能听见：

"老公公，今朝晚报勿会来了，侬还是回家去吧。天黑了，侬衣裳也淋湿了……"

接下来是一个中年男人不耐烦的声音："爹，你何苦这样呢？每天跑上跑下，身体吃勿消。晚报看勿看有啥关系！"这大概是老人的儿子。我曾在楼梯上和他打过几次照面，是个衣冠楚楚的高个子男人。

"唉，真是烦死人！晚报晚报，断命格晚报，弄得一家人勿太平！勿看见晚报像要伊格命一样！我看啊，下个月索性停脱算了！"说话的肯定是老人的儿媳妇了，一个喜欢穿花衣花裤的满脸横肉的女人。

刚才发生的事情，不用解释我也明白了。晚报没有送来，老人一直在雨中等到现在，所以才引出麻烦来。

我走近门口，只见老人头上披着一张透明的塑料布，坐在花坛边上，神情木然，呆滞的目光流露出近乎绝望的悲哀。周围的人在说些什么，他似乎一句也没有听见。几位邻人面露恻隐之色，那孕妇打着一把雨伞站在老人的身边，显得手足无措；老人的儿子皱着眉头，显然，他已最大限度克制了自己的情绪；穿着花衫花裤的儿媳妇则满脸愠怒。眼见围观的人多起来，那一对愤怒的夫妇不由分说地架起老人就往楼里拖，留下一群围观者在门口叹息：

"唉，作孽！作孽！"

"这老头子也有点儿怪，一天勿看晚报有啥关系，非要一直等下去。"

"伊活在世界上就剩下这一点点乐趣，侬哪能怪伊呢！"

"唉，到这样一把年纪，人活着也无啥味道了。"

"……"

人们摇着头默默地散去。这一天的晚报终于没有送来。

第二天下午，我留心谛听门外的声音，拐杖声却始终没有出现。我下楼去取晚报，正好遇到那位年轻的邮递员。

"哎，老公公今天怎么不等我了？"邮递员一边往信箱里分发报纸一边问。

"他昨天淋在雨里等你到天黑。今天他大概不想再白白地等3个小时了。"站在门口的孕妇笑着和邮递员开玩笑。

邮递员愣了一愣，说："昨天是印刷厂出毛病，我们也没办法。"说着，他把已经塞进6楼信箱的那份晚报又抽出来，转身噔噔噔地奔上楼去，几分钟后，小伙子脸色肃然，步履沉重地走下楼来。

"老公公怎么了？"我问。

"病了。"他只回答了两个字。

这以后，大约有一个星期没见老人下来。那"笃笃笃"的拐杖声从楼梯消失了。而6楼的那份晚报，竟也真的停了——老人儿媳妇的建议，大概被兑现了。

那天下午，黄昏的阳光又准时地照到了窗上。这时，我简直难以相信自己的耳朵——门外楼梯上，那消失了许多天的拐杖声又响了。

"笃，笃笃，笃，笃笃笃……"

那声音和以前明显不同，节奏极慢，毫无规律。从那慢而紊乱的声音里可以想象出老人举步维艰的样子。我开门往外看时，老人一手拄拐杖，一手扶楼梯把手，正弓着背站在楼梯拐弯处，大口大口地喘气。他的脸色灰白，目光呆呆地俯视着楼梯下面。这里离地面还有五层楼！

我走近老人，想扶他下楼。老人抬起头，咧开嘴朝我笑了一笑，慢慢地摇摇头，然后又开始往下走。他浑身颤抖着，脚每跨下一步都要花极大的力气，握拐杖的手显然已力不从心，拐杖毫无目的地在地面拖着……

10分钟以后，老人终于又坐到了门口的花坛边上。他像往常一样，将下巴支在拐杖把手上，凝视前方的依然是一双充满渴望的生机勃勃的眼睛。他家订的那份晚报已经停了，难道他不知道？

邮递员来了，还是那个年轻的小伙子。他老远就大喊："哎，老公公！你好！"

老人的眉毛动了一动，双目炯炯生光。

小伙子在老人面前下了车，不假思索地从邮包中抽出一份晚报塞到他手里。

老人埋头在晚报中，再也不理会周围的一切。晚报遮住了他的脸，我无法观察到他的表情，只见他那双紧抓住晚报的手在颤抖。那双枯瘦痉挛的手使我联想起溺水者最后的挣扎。

老人在花坛边上一直坐到天黑，他的脸始终埋在晚报之中。他是怎么回到楼上的我不知道，因为我再没有听见拐杖声响过。

第二天早晨，听邻人说，6楼那位老公公死了，死在夜深人静时。他的儿子和媳妇发现他死的时候，老人已经僵硬，手里还紧攥着那张晚报。

"砰——叭！"

一个爆竹突然在空中炸响，打破了早晨的寂静。

原来是底楼那位孕妇在同一天夜里顺利地生下一个 6 斤 4 两的儿子。

"砰——叭！"

清脆的爆炸声迎接了一个新生命的诞生，也送走了一个留恋人世的老人。

炊烟

在人迹罕至的深山密林里，假如看见一缕炊烟……

在饥肠辘辘的旅途中，假如看见一缕炊烟……

也许不会有什么比它更亲切了。那是一种动人的招手，是一种充满魅力的微笑，是一个似曾相识的陌生人，友好地向你挥动着一方柔情的白手绢……

掸落飘在肩头的枯叶，擦了擦额头的汗珠，我终于看见了远方山坳里的炊烟。它优美地飘动着，无声无息地向我透露着一个质朴的希望。心中的惶乱被它轻轻地抚平了——在深山里走了大半天，饥饿、疲乏、山重水复的怅惘，曾经使我的脚微微地颤抖，步伐也失去了沉稳的节奏……

我急匆匆地走向山坳，走向炊烟。我想象着炊烟下可能出现的情景：大蘑菇似的小木屋，屋里，许是一个白胡子的看林老人，许是一个山泉般水灵的小姑娘，都带着一些童话的色彩……

果然看见两间小木屋了，只是普普通通，不像大蘑菇。木屋里走出一个胖胖的中年妇女，黑红的脸颊上，洋溢着只有山里人才有的那种健康的光彩。"客人来啦，快进屋里歇吧！"没等我开口，她就笑声朗朗地叫起来。一个矮小的男人应声走出来，这自然是她的丈夫了，他只是微笑着点头，似乎有些腼腆。

"能不能……麻烦买一点儿吃的？"早已过了吃午饭的时间，我不好意思地问。

"那还要问，坐下，先喝碗茶！"她把我按在一把竹椅上，转身从灶台的铁锅里舀给我一碗热气腾腾的开水，又悄声叮嘱了丈夫几句，那男人一声不吭地走出门去了。

灶台有点儿脏，她也许怕我看了不好受，找来一块抹布仔细擦了一擦。"山里人邋遢，将就一下啦！"她一边笑着，一边又从水缸里舀水洗那口空着的铁锅，一连洗了三遍。

不一会儿，那男人拎着满满一篮红薯和芋头回来了，并且已经在山溪中洗得干干净净。她把红薯和芋头倒进锅里，坐到灶背后烧起火来，他不知又到哪里去了。

小木屋里静下来，只有门外哗啦哗啦的林涛和灶膛里毕剥毕剥的柴火声，一起一落地在耳畔响着，协奏出一首奇妙的曲子。我喝着茶，打量着小木屋里的一切：简朴而结实的桌、椅、橱；门背后各种各样的农具；一架亮晶晶的半导体收音机，挂在一张毛茸茸的兽皮边上……这山里的农户，真有点儿世外桃源的味儿了。

红薯和芋头馋人的香味在小木屋里飘溢起来。"吃吧，爱吃多少就吃多少，只是别嫌粗糙啦。"她把一大盆冒着热气的红薯、芋头放到我面前。

哦，红薯和芋头，竟是那么香，那么甜，不仅抚慰了我的饥肠，也驱除了我的疲乏。这是我一生中最美的午餐之一！

她坐在一边，快活地笑着看我狼吞虎咽，手中不停地打着一件鲜红的毛衣，毛衣不大，像是孩子穿的。

"你有几个孩子？"

"有两个女儿，到山外读书去了，一个上小学，一个念中学，都寄宿在学校里。我想让她们将来都上大学呢！现在山里人富了，什么也不愁，就指望孩子们有出息。"她笑着回答，语气颇为自豪。这小木屋里，也有着和山外世界同样的憧憬和向往……

吃饱了，歇够了，该继续赶路了。我掏出一些钱给她。

"钱？"她又笑了，"这儿不是商店，快放回你的口袋里吧。如果不忘记山里的人，以后再来！"我的脸红了，也不知是为了什么，也许是为了这城里人的习惯……

起身走时，我发现背包变得沉甸甸的，打开一看，竟塞满了黄澄澄的橘子！是他，原来刚才去了橘林。"都是自家种的，带着路上解解渴。"他在一边腼腆地笑着，声音很轻，却诚恳。

我走了。她和他并肩站在门口，不停地向我挥手。

"再来啊！"他们的声音在山坳里回荡……

走远了，小木屋消失在绿色的林涛之中，只有那一缕炊烟，依然优美地在天上飘……再来，也许永远没有机会了，然而我再也不会忘记武夷山中的这一缕炊烟。炊烟下，并没有什么惊心动魄的传奇故事，却有真诚，有纯朴，有人间最香甜的美餐……

青
鸟

这是一只传说中的鸟。

它没有脚，只能不停地飞，唯一的一次着陆，就是死。

它叫青鸟。

青色的鸟仿佛为飞而生，蓝色天空是它生命的颜色，它从来没有考虑过自己从哪里来，要到哪里去。第一次能挥舞翅膀飞行，就注定了这一生。挺起胸脯感受着空气的清新扑面，看着远处逐渐变小的出生之地。兴奋，激动，渴望，青春的激昂，让它再一次地拍打翅膀向前滑行。

飞行在日起日落之间。一个温暖柔和的日子，阳光懒懒地洒在羽毛上，突然闪过一个念头：有一天我会挥不动翅膀的，那一刻将是死亡。那一天在哪？不知道！第一次隐隐感觉到生命中还有一种叫忧虑的东西。猛然间下面出现一片葱郁的森林，想起了记忆中的树枝、杂草，想起了家的温馨。于是拼命飞了过去。几经盘旋而下却找不到落脚之地，异乡竟容不下一席栖息。一个声音响起："因为你没有脚，你选择停歇，你就选择了死亡，你的一生就要不停地飞……"

青鸟绝望地鸣叫，森林里所有生灵都侧目，怜吝，同情，无动于衷，幸灾乐祸，于是青鸟恨起了自己的命运。

"我没有脚，为什么世上这样的鸟就我一只？不给我脚，为什么不给我一个方向，为什么又不给我一个家？"

青鸟撕心裂肺的鸣叫在天空划过。眼泪掉在地上，融进河流，草丛，转瞬即逝。恨过怨过，慢慢青鸟在滑翔中疲惫地睡去，清晨刺眼的阳光把它从沉睡中唤醒，生活还要继续。随风飘来一个声音："你的方向是太阳。"

青鸟抬头看了看太阳，温暖而灿烂。于是相信了那个声音，有了活着的理由。划过天空，俯瞰大地，看到那些在地上费尽心力爬行的生命，满足在认为是整个世界的小小方圆，看过那些飞一会不得不停下来的飞鸟。青鸟开始庆幸自己没有脚，这样才会飞得专心，才会飞得更远，看到其他生命看不到的风景。于是快乐地忘记那些在暴风雨中被冲刷，击打的日子；忘记那些在严寒冰山靠不断振翅才能继续飞行的日子；忘记了那些冰冷的目光。越过高山，飞过大海，青鸟幸福地掉着汗水。

不记得飞了多少日起日落，怀念以前出生的那片森林。这时才发现羽毛不再光泽，翅膀不再有力。不知何时变老了。天气变冷，而且还下起了雪。天空还是那么蓝，却变得遥远。视线变得不再清晰，羽毛在凋落。蓦地一声摔在了雪地上，惊起了一群觅食的飞鸟。

大地的冰冷潮湿却是好熟悉的感觉，仿佛记忆中的家。感觉自己的身上的热气在向空气中扩散，蓝色的天空也在自己的瞳孔中变得越来越小，慢慢地模糊。青鸟的身体变得僵硬，头向前努力地伸着，仿佛变成一个特殊的符号来向天发出最后的提问。

远古时候，砍柴人的儿女——吉琪和美琪，在圣诞节前做了一个梦：来了一位名叫蓓丽吕的仙女，委托他俩去寻找一只青鸟，给她的小女儿，因为她病得很厉害，只有这只神鸟才能使她痊愈。仙女还说："我那小女儿要等病好了，才会幸福。"于是他们在猫、狗和各种东西（糖、面包、水火）的精灵陪伴下进入另一个世界，在光神的指引下去寻找这只青鸟。

他们在回忆之乡、夜之宫、幸福之宫、坟地和未来王国里，在光神的庙宇里，历尽了千辛万苦，但青鸟总是得而复失，最终还是未能找到。他们只好回家，早晨醒来，邻居柏林考脱太太为她的病孩来索讨圣诞礼物，吉琪只好把自己心爱的鸽子送给她。不料，这时鸽子变青了，成为一只"青鸟"。仙居的女孩病也好了。

《青鸟》原是比利时作家、象征主义戏剧创始人莫里斯·梅特林克写的一部同名童话剧本。后来他的妻子乔治特·莱勃伦克为少年儿童阅读之便又加工改写成这部散文童话。

这部童话的主题正如书中所说："我们给人以幸福，自己才更接近幸福。"光神指给主人公的是一条"通过善良、仁爱、慷慨而到达幸福的道路"。作者说："我们每一个人都寻求着自己的幸福，其实幸福并不是这样难得的，如果我们经常怀着无私、良好的意愿，那幸福就近在咫尺之间。"

两个男子汉和一群猛兽

　　我们的眼前是一片荒凉的树林，地上杂草过膝，一间茅草屋像一个披头散发的野人，几扇洞开的门窗是他的黑黝黝深不见底的眼睛，正失神地注视着我们。茅屋背后兀立着一棵高大的枯树，枯枝交错着伸展在空中，仿佛一只干瘦痉挛的巨手……

　　一头雄狮，静静地卧在茅屋前闭目养神，我们的脚步惊动了它，它突然睁开眼睛盯着我们，嘴巴微微地张开，露出黄色的獠牙。那神态虽然无精打采，可它一对灰黄色的眼睛里显然蕴藏着凶险……

一头黑豹站在一棵树下，威风凛凛地用它那勇猛残忍的目光观察我们。

茅草边的灌木丛摇晃了一下，一片金黄的色彩随即从灌木丛里闪出来，是一头印度虎。它在那里不安地踱步，全然不理会逼近它的杂沓的脚步声……

两只金钱豹卧在树林深处的一个小土丘上，警惕地观察着通向林中的小路……

草丛慌乱地摇动着，发出窸窸窣窣的微响。是一条巨蟒！看不见蟒头，只见到一段一段斑驳光滑的身体在草丛里蠕动……

荒凉的丛林，被遗弃的茅屋，再加上这样一群自由自在的猛兽，组合成了可怕而又险恶的世界，而我们恰恰就站在了这个世界的中心！

这是在墨西哥城的丘鲁布斯尧电影制片厂后园，一个闻名世界的动物驯养场，我们周围那些暴露着的或者隐藏着的猛兽，都曾经在许多电影中扮演过各式各样的角色。尽管陪我们来参观的墨西哥友人若无其事地微笑着，但谁也不敢到处乱走，唯恐冒犯了这群沉默的、看似平静的猛兽。

驯服这群猛兽的人，真是一批了不起的人！我问陪我们前来的墨西哥国家电影局局长贝雷斯先生："能不能见一见这里的驯兽师？""哦，胡安兄弟！"贝雷斯先生话音刚落，胡安兄弟俩已经出现在我们面前。这是两个彪形大汉，两个相貌英俊、充满雄性魅力的美男子。两条瘦而凶悍的猎狗一前一后跟随着他们，像一对忠实的保镖。弟弟个子更高，显得略微清瘦一些，他穿着一身破旧的牛仔服，袖筒和裤管都已破成锯齿般的一条一条，不知是故意如此还是被猛兽们撕咬的。他的肩头停着一只猎鹰，猎鹰展开了巨大的翅膀，却并不飞起来，只是用翎毛轻拍着主人的后脑勺，一副亲热的样子。

兄弟俩笑吟吟地站在我们面前，简直就是神话中的人物。走过黑豹身边时，哥哥摸了摸黑豹的头，黑豹也亲热地向主人身上靠着，眼中的凶光顿时消失得一干二净。弟弟更绝，一把搂抱起那头印度虎，扛到了自己宽阔的肩头，猎鹰惊惶地飞起来，在主人头顶上盘旋了几圈。停落在茅屋背后的那棵枯树上，目光炯炯地谛视着主人肩上的斑斓猛虎……

我曾在国内多次看马戏表演，也有几位驯兽师朋友，然而逢到驯虎驯狮，是定要隔着铁笼子看的。观众在笼子外为驯兽师捏着一把汗，驯兽师在笼子里也不轻松，脸上保持着微笑，浑身的神经却都紧绷着，每一秒钟都在提防对方会不会做出什么越轨的动作来。而胡安兄弟却在离我们近在咫尺的地方随随便便摆弄着猛兽们，就像在差遣一群小猫小狗。人类和猛兽和平共处到这种地步，实在令人惊叹。

胡安兄弟走到我们中间，不断地做出使我们意想不到的举动。哥哥在上衣口袋里摸着，摸出来的竟是一只奇大无比的蜘蛛！这是我见到的最大的一只蜘蛛，如果让它的脚趴开，整个肢体的直径差不多有一尺，就像一只大螃蟹。它的身体和脚黑黄相间，长满了细密的绒毛。假如是一只毒蜘蛛，只要被它轻轻咬一口就能致人死命。一位墨西哥作家告诉我，这只被驯服的大蜘蛛价值数千美元，它曾在一部美国影片中成功地扮演了一个令人毛骨悚然的可怕角色：一个谋财害命的恶棍，利用它来作杀人的工具。

胡安哥哥笑着把蜘蛛放到王元化的肩头，让它在那里慢慢爬动。

"不要紧张，它不会咬人。它还是头一次爬到一个中国人身上，它会很高兴的。"胡安哥哥幽默地笑着，引得所有人都笑起来。这只曾在银幕上使人心惊胆战的杀人凶犯，此刻仿佛成了温柔的吉祥物。

胡安弟弟向空中一挥手，停在枯树上的猎鹰拍拍翅膀飞离枝头，迅疾地扑下来，落到了主人的手上。

"怎么样，和墨西哥的鹰合影留念吧！"胡安弟弟说着，轻轻地把鹰放到了王元化的肩头。

接下来的场面是最惊心动魄的。胡安弟弟从草丛中抱起那条一丈多长的大蟒蛇，让它缠在自己身上。

大碗口粗的蛇身从腰间一直缠到颈脖上，蟒蛇的头几乎贴着他的脸。那血红的舌头一吐一缩，眼看着就要舔到他的脸颊。胡安弟弟面不改色地笑着，像在做极轻松的游戏。"你们中国作家有没有胆量，也让它来缠一下？请放心，它很温顺。"

胡安弟弟的建议使我们面面相觑。中国作家代表团中，除王元化外，还有张一弓、树棻，都是五十岁出头的人。看来，得由我来冒一次险了，总不能让对方小觑了中国作家的胆量。

胡安弟弟托起大蟒搁到我的肩头，我只感到肩上一沉，像挑上了一副很有分量的担子。蟒蛇的下半段很快缠绕在我的胸腰之间，而且越缠越紧，使我的呼吸也受到妨碍。蟒蛇的腹部搁在我的颈脖处，那又冷又滑的蛇皮正好擦到我的颈部，我全身都隐隐地起了一阵鸡皮疙瘩。垂在腰间的蛇头慢慢地伸起，向我的脸部靠近，我感到自己是被这条冰冷沉重的大蟒紧紧地裹住了。它默默地有力地锲而不舍地缠着我，裹着我，那对贼亮的小眼睛和那根血红的舌头中似乎凝集了世间的阴险、凶残和邪恶。此刻我能做到的，只是用右手抓紧大蟒的颈部使劲推着，不让蟒头靠近我。

我的脑海中，闪电般地掠过一些念头：

假如此刻是在荒无人烟的密林里……

假如围观的人群突然离我远去……

假如缠着我的大蟒真的兽性大发……

我和大蟒的"搏斗"大概持续了三分钟，胡安弟弟给我解了围。他走过来抓住大蟒，使我挣脱了它的缠绕。周围的人们以热烈的掌声报答我，我很有些得意。那条大蟒则在人们的掌声中无声地消失在草丛里……

树棻用他的照相机拍下了我被大蟒缠着的镜头。我事后从照片中看到了自己当时的表情：身体极度紧张地和大蟒对峙着，脸上却还露出微笑来，尽管笑得很有些尴尬。用微笑掩饰内心的恐惧，这大概也是一种在众目睽睽之下生出的本能吧。

大蟒刚刚消失，三只大猩猩在胡安兄弟的一阵吆喝声中出现了。两只猩猩以极快的速度爬到了一棵高高的棕榈树顶端，居高临下地俯视着我们，嘴里发出怪诞的喊叫，像是在嘲笑着我们。另一只猩猩却很亲切地依偎着胡安弟弟，伸手要吃的。胡安弟弟给了它一根香蕉，它三下两下剥掉皮，像模像样地吃起来。

"笑一笑！"胡安弟弟命令道。

猩猩咧开大嘴，露出满口黄牙，这是一种魔鬼般的狞笑。

"哭！"胡安弟弟又命令。

猩猩拉长了本来就极长的脸，做出一副愁苦的样子。

"吻我。"猩猩噘起嘴唇，凑过来煞有介事地碰了碰胡安弟弟的脸，把围观者逗得哈哈大笑……

胡安兄弟和这群兽类的这种亲密和谐的关系，使我深感惊讶。为了这，他们曾付出了什么样的代价呢？很难想象。

临分手时，我忍不住问胡安兄弟："你们干这种工作，会不会遇到危险？"胡安哥哥很奇怪地对我微笑着，不作回答，只见他突然拉起他弟弟的手，伸到我的面前。我低头一看，不禁吃了一惊：胡安弟弟的手腕上，有一道极可怕的伤痕，伤痕深深地贯穿了整个腕部，仿佛曾做过断肢再植手术。

"是被鳄鱼咬的。"胡安哥哥不动声色地告诉我。一次在驯一条鳄鱼时，鳄鱼突然一口咬住了胡安弟弟的手，幸亏哥哥及时赶到，将疯狂的鳄鱼打退，弟弟从鳄鱼的嘴里挣脱时，右手已经差不多全断了，只剩下一些皮肉还粘连着……

仅此一个细节，已将胡安兄弟所经历的种种危险描绘得淋漓尽致。为了驯服猛兽，为了和猛兽产生无拘无束的交流，他们曾冒过生命危险，他们时时都在防备着死神的侵袭。这是勇敢者的事业！

假如你想做一株蜡梅

　　果然，你喜欢那几株蜡梅了，我的来自南方的朋友。

　　你钦羡的目光久久停留在我的书桌上，停留在那几株刚刚开始吐苞的蜡梅上。你在惊异：那些看上去瘦削干枯的枝头，何以竟结满密匝匝的花骨朵儿？那些看上去透明的、娇弱无力的淡黄色小花，何以竟吐出如此高雅的清香？那清香不是静止的，它无声无息地在飞，在飘，在流动，像是有一位神奇的诗人，正幽幽地吟唱着一首无形无韵然而无比优美的诗。蜡梅的清香弥漫在屋子里，使我小小的天地充满了春的气息，尽管窗外还是寒风呼啸、滴水成冰。我们都深深地陶醉在蜡梅的风韵和幽香之中。

你久久凝视着蜡梅，突然扑哧一声笑起来。

"假如下辈子要变成一种植物的话，我想做一株蜡梅。你呢？"

你说着笑着就走了，却留给我一阵好想。假如，你真的变成一株蜡梅，那会怎么样呢？我默默地凝视着书桌上那几株蜡梅，它们仿佛也在默默地看我。如果那流动的清香是它们的语言的话，那它们也许是在回答我了。

好，让我试着来翻译它们的语言，你听着——

假如你想做一株蜡梅，假如你乐意成为我们家的一员，那么你必须坚忍，必须顽强，必须敢于用赤裸裸的躯体去抗衡暴风雪。你能么？

当北风在空旷寂寥的大地上呼啸肆虐，冰雪冷酷无情地封冻了一切扎根于泥土的植物，当无数生命用消极的冬眠躲避严寒的时候，你却应该清醒着，应该毫无畏惧地伸展出光秃秃的枝干，并且要把毕生的心血都凝聚在这些光秃秃的枝干上，凝结成无数个小小的蓓蕾，一任寒风把它们摇撼，一任严霜把它们包裹，一任飞雪把它们覆盖……没有一星半瓣绿叶为你遮挡风寒！你能忍受这种煎熬么？也许，任何欢乐和美都源自痛苦，都经历了殊死的拼搏，但是世人未必都懂得这个道理。

假如你想做一株蜡梅，你必须具备牺牲精神，必须毫无怨言地奉献出你的心血和生命的结晶。你能么？

当你历尽千辛万苦，终于迎着风雪开放出你的小小的花朵，你一定无比珍惜这些美丽的生命之花。然而灾祸常常因此而来。为了在万物肃杀时你的一枝独秀的花朵，为了你的预报春天信息的清香，人们的刀斧和钢剪将会无情地落到你身上。你能承受这种牺牲么？也许，当你带着刀剪的创痕进入人类的厅堂，在一只雪白的瓷瓶或者一只透明的玻璃瓶里默默完成你生命的最后乐章时，你会生出无穷的哀怨，尽管有许多人微笑着欣赏你，发出一声又一声由衷的赞叹。如果人们告诉你，奉献和给予是一种莫大的幸福，你是不是同意呢？

假如你想做一株蜡梅，你必须忍受寂寞，必须习惯于长久地被人们淡忘冷落。你能么？

请记住，在你的一生中，只有结蕾开花的那些日子你才被世界注目。即便是花儿盛开之时，你也是孤零零的，没有别的什么花卉愿意和你一起开放，甚至没有一簇绿叶陪伴你。"好花须得绿叶扶"，这样的格言与你毫不相干。当冰雪消融，当温暖的春风吹绿了世界，当万紫千红的花朵被水灵灵的绿叶扶衬着竞相开放，你的花儿早已谢落殆尽。这时候，人们便忘记了你。《春之圆舞曲》是不会为你奏响的。

假如你问我：那么，你们何必要开花呢？

我要这样回答你：我们开花，绝不是为了炫耀，也不是为了献媚，只是为了向世界展现我们的风骨和气节，展现我们对生命意义的理解。当然，我们的傲骨里也蕴藏着温柔的谦逊，我们的沉默中也饱含着浓烈的热情。这一切，人们未必理解。你呢？

我把做一株蜡梅的幸与不幸、欢乐与痛苦都告诉你了。现在，请你告诉我，你，还想不想做一株蜡梅？

哦，我南方的朋友，我把蜡梅向我透露的一切，都写在这里了。当你在和煦的暖风里读着它们，不知道你还会不会以留恋的心情，想起我书桌上那几株蜡梅。此刻，北风正在敲打着我的窗户，而我的那几株蜡梅，依然在那里默默地绽蕾，默默地吐着清幽的芬芳……

第二辑

但丁的目光

但丁的目光

　　暮色降临，那些曲折的街道和小巷顿时更显得幽深。眼看天光一点点变得幽暗，站在街口，只见那些古老楼房迎面压下来，遮住了窥探的视线。黄色的路灯突然亮了，石头的路面上光影闪动，似乎随时都会有奇景出现。黄昏的佛罗伦萨，在一个外来者的眼里，显得无比神秘。

　　走过一条狭窄的小路时，陪我的意大利朋友轻声说："但丁，他在这里住过。"顺着他手指的方向望去，是一座很普通的临街小楼，看上去已经歪歪斜斜，门口挂着一盏方形风灯，灯不亮，闪烁着昏黄的光芒。

给人的感觉，这光芒也是古老的，五百年岁月，都浓缩在这幽暗的灯光中。当年，这该是一盏油灯，在风中飘摇，但丁踏着夜色回家时，看见的也是差不多的景象吧。

我走到小楼门前，门关着，无法进去。古老的山墙上，有但丁的青铜雕像。诗人眉峰紧锁，目光忧郁而深邃，越过我头顶，凝望着远方。我想象那小楼中，有窄而陡的楼梯，在黑暗中上升，通向一间书房，书房不会很大，却能容纳下整个宇宙。诗人的幻想和思索在这里上天入地，寻哲人，会鬼神……写出《神曲》的伟大诗人，竟住在如此普通的屋舍中，这有点儿出乎我的意料。大诗人贫穷，中外古今，大抵如此。但丁贫穷，不会影响《神曲》的伟大。我仿佛看见那昏暗的灯光中闪动着一行字：贫穷而伟大的诗人！

走在古老的石头街道上，很自然地产生这样的念头：这就是但丁当年走过的路，一条普通的小路，走出非凡的人生。他在这里邂逅初恋的姑娘贝娅特丽齐，也从这里走上被放逐的路。1300年，但丁35岁，那一年，他遭到权贵的迫害，被当政者宣布终身流放，永远不准返回佛罗伦萨。这样的遭遇，对一般人也许是沉沦和毁灭，然而对但丁，这却是一个伟大的开端。

但丁从此开始流亡生活。他说："人不能像走兽那样活着，应该追求知识和美德。"离开佛罗伦萨，他旅行，观察，思考，游遍了意大利，认识了社会各阶层的人物。他每天都在思考生命的意义，思考国家的命运和人类的前途。他没有想到，告别故乡，就成了永远的游子，在他活着的时候，竟然再没有机会重返佛罗伦萨。晚年的但丁，定居于古城拉韦纳，将一生的经历和思考，倾注于《神曲》的创作。一个游子，客居他乡，心含着愁苦，也怀着憧憬，用鹅毛笔写出一行行奇妙的诗句。《神曲》长达一万四千余行，但丁在诗中梦游地狱、炼狱，历经千难万险，最后抵达天堂。其惊人的想象力和深邃的思想，前无古人。但丁说过，他写《神曲》的目的是"要使生活在这一世

界的人们摆脱悲惨的遭遇，把他们引到幸福的境地"，
他是为爱和理想而创作。我记得《神曲·天堂篇》的
结语：

> 只是一阵闪光掠过我的心灵，
>
> 我心中的意志就得到了实现。
>
> 要达到那崇高的幻想，我力不胜任；
>
> 但是我的欲望和意志已像
>
> 均匀地转动的轮子般被爱推动——
>
> 爱也推动那太阳和其他的星辰。

他的《神曲》，是欧洲文艺复兴的先声，也使他
成为人类历史上最伟大的诗人之一。他被人称为"中
世纪的最后一位诗人，同时又是新时代最初的一位诗
人"。

在但丁流放期间，佛罗伦萨当局感觉将这位大诗
人拒之门外很不得人心，便宣告，只要但丁公开承认

错误，宣誓忏悔，就可让他回乡。然而但丁认为自己没有错，断然拒绝。1321 年，但丁在威尼斯染上疟疾，返回拉韦纳不久便离开人世。他的遗体被拉韦纳人安葬在市中心圣弗兰切斯科教堂广场上。佛罗伦萨市政当局提出把但丁的遗体迁回故乡，遭到拉韦纳人的拒绝。也许是为了表达故乡对这位伟大诗人的歉意，佛罗伦萨当局委托拉韦纳人在但丁墓前设一盏长明灯，灯油则由佛罗伦萨永久提供。1829 年，佛罗伦萨在圣十字教堂为但丁立了墓碑和雕像，同时把教堂前的广场命名为但丁广场。这时，离但丁辞世已经过了 500 多年。

我来到但丁广场时，天已经落黑，下起了小雨。空旷的广场上不见人影，圣十字教堂在雨中，远远看去，像一个白衣巨人，孤独地站在微雨迷蒙的夜色里。教堂已经关门，我只能站在门口沉思默想。在这座教堂里，埋葬着佛罗伦萨历代的主教和显赫的权贵。但丁的墓碑，在教堂的入口处，只是一块普通的石碑，上面刻着诗人的姓名和生卒年月。然而，到这里的人们，大多只为但丁而来，为他的《神曲》而来。这应了李白诗句的意境："屈平辞赋悬日月，楚王台榭空山丘。"

教堂大门的左侧，有一尊高大的大理石雕像，是但丁的立像。台基上，刻着诗人的姓名，台基的两边，是两头大理石狮子，威严地护卫在主人的脚下。但丁穿着宽大的长袍，伫立在精致的台基上，诗人的目光，一如他故居前那尊铜像，忧郁而深邃，俯视着夜色迷茫的大地。

雨中斜塔

到比萨，是在黄昏时分。那是一个乌云密布的黄昏，不到五点，天色已昏暗。走进比萨古城，很远就看见了斜塔。那座古老的巨塔，确实斜得厉害，就像一个喝醉了酒的巨人，跟跟跄跄走过来，一个趔趄，身体前倾，眼看就要扑倒在地，却奇迹般地停止倾倒，定格成一个杂技般的动作。

站在路边，对着照相机镜头伸出一只手来，选取一个合适的角度看，那座斜塔，就被托在了手掌中。来比萨的游客，大多会做一下这个动作，不费吹灰之力，便将一座世界闻名的古塔收藏在自己的手掌中。

永远无法做到的事情，在快门闪动的瞬间竟然成为一种视觉上的现实。

比萨斜塔其实是教堂广场上的钟楼，始建于 12 世纪，历经约 200 年才完工。这是一座巍峨的圆柱形白色大理石建筑，主体 7 层，加上顶层楼塔，共 8 层。每个楼层都由精致的罗马立柱环绕托举，立柱之间是圆形拱门，门廊上也雕满花纹。两百多根立柱，自下而上，构成两百多个拱门，既繁复又壮观。据说，塔身的重量，有一万四千多吨。这样结构对称完美的钟楼，当年在建筑的过程中就开始倾斜。建造的过程如此漫长，就是为了解决塔身倾斜的问题。造塔的设计师和工匠们想尽了办法，还是不能纠正它的站姿。钟楼完工后，塔顶中心点偏离塔体中心垂直线两米左右。当这座倾斜的巨塔出现在人们的眼帘中时，人人都认为它必定会倒塌，人人都为之叹息，如此美妙巍峨的石塔，竟然无法久存于世。600 多年来，因松散的地基难以承受塔身的重压，仍然缓缓地向南倾斜。

1972 年 10 月，意大利发生大地震，斜塔摇摇欲坠，整个塔身大幅度摇晃达 20 多分钟。然而斜塔仍然屹立不倒。斜塔的斜而不倒，是世界建筑史上的奇迹，成为天地间的奇观。这不是建筑师的预设，而是造物主的安排，是人类建筑中的一个奇观。

中国人知道的斜塔，和物理学家伽利略连在一起。1590 年，伽利略曾在斜塔上做物体自由落体的实验，轰动世界。亚里士多德认为，重量和落地的速度成正比，物体愈重，落地的速度便愈快。伽利略对亚里士多德的理论提出挑战，他认为，重量不同的物体，应该以相同速度落地。亚里士多德是被奉为神明的古希腊哲人，是太阳般普照大地的理论权威，没有人敢怀疑他说过的任何话。伽利略的大胆怀疑，冒着天大的危险。然而科学不是假想，需要实验来证明。于是，伽利略捧着一大一小两个铁球，站到了斜塔的顶端……

我站在斜塔下面，抬头仰望，巍峨塔身就在我的头顶，仿佛马上要塌下来，古老大理石间的镶嵌痕迹清晰可见。我想，伽利略应该是站在斜塔的7层楼顶上，那里离地面数十米高，铁球从上面坠落，到地面不过几秒钟时间。此刻，天上飘着微雨，巨大的塔影在蓝灰色的天幕上晃动。我想象伽利略站在斜塔上，手里拿着一大一小两个铁球，准备做那个震惊世界的实验。那时，斜塔下一定聚集着很多好奇的观众，他们的心情是复杂的。有的人是来看伽利略出丑，在他们的眼里，挑战亚里士多德的人，一定是跳梁小丑。很多人是来看热闹，他们把站在斜塔顶上的伽利略看成了一个演员，他们未必知道两个铁球先后落地或者同时落地有什么区别。也有怀着敬慕之心的观者，他们多少了解伽利略，知道这个当时的科学家绝非等闲之辈。他要做这个实验，一定有成功的把握。他们希望伽利略成功，希望他挑战权威成功。站到斜塔顶上的伽利略，是否犹豫过？我仿佛能看到那双俯视地面的眼睛，目光中有的是坚定和自信。伽利略心里明白，他即将要做的实验意味着什么，或者纠正权威的谬误，或者身败名裂。挑战亚里士多德，不仅需要勇气和胆量，更需要严谨的科学态度。我读过有关伽利略的书，对这个故事，没有太多的描述。也许，在伽利略当众走上斜塔做实验之前，他曾经一个人带着铁球悄悄上过塔顶……四百多年前的那个物体自由落体实验，已经成为科学史上经典一幕。被认为不朽的亚里士多德理论，在两个铁球同时砰然落地的瞬间被颠覆。

我在斜塔下站了片刻，又看了旁边的大教堂。斜塔作为钟楼，其实只是教堂的附属建筑，但是，所有来这里的人，都把目光投向斜塔。我想，如果这塔是直的，那么，比萨也许永远默默无闻。

离开比萨时，突然下起雨来。开始是小雨，我在雨中疾步行走，想赶在被淋湿前走出古城，找到在城外等候的汽车。然而雨越下越大，很快就变成了倾盆大雨，翻卷在天空的乌云，全部液化成豆大的雨滴，哗啦哗啦地倾泻下来。我只能走进路边的一家店铺躲雨。

这是一家出售旅游纪念品的小店，柔和的灯光映照着无数斜塔的纪念品。陶瓷、金属、木头、绘画，大大小小的斜塔，让人看得眼花。管铺子的是一位头发金黄的姑娘，她热情耐心地陪我挑选，买了6种斜塔的纪念品。我问她是否有和伽利略有关的艺术品，她笑了："有啊，每一个斜塔中，都有伽利略的脚印。"

走出小店，雨已经停了。站在路边回望斜塔，心里陡然一惊。深蓝色的天幕上，斜塔犹如一个身披着斗篷的巨人，身体前倾着，正欲举步赶上来。

温暖的烛光

在午后灿烂而柔和的阳光下，弗拉基米尔教堂古老的天蓝色圆顶显得明亮悦目。教堂门前那条石板路也在阳光下闪烁发亮，如同一条波光晶莹的河。这条石板路被圣彼得堡虔诚的东正教徒们走了几百年，高低不平的路面如果有记忆的话，应该会记住一位俄罗斯大作家的脚步。这位作家是陀思妥耶夫斯基。

陀思妥耶夫斯基在这一带度过了他生命中最后的两年半时光。从他的住宅窗户中能看见弗拉基米尔教堂蓝色的圆顶。陀思妥耶夫斯基是一个虔诚的教徒。住在这里时，除了出门旅行或者卧病不起，他每天早晨都带着他的一对儿女上教堂。附近的圣彼得堡人都认识这位爱戴礼帽、手杖不离手的大胡子作家。这位平时面色严峻、目光深邃的先生，只要和儿女走在一起，表情便会变得慈祥可亲。这并不奇怪，一个能写出《被侮辱和被损害的》和《罪与罚》的小说家，必定是一个心地善良、感情丰富的人。

陀思妥耶夫斯基的故居在一幢普通的公寓楼中。公寓楼的大门低于地面，进门必须走下几级台阶，如同走进一个地道的入口。大门上方的一扇窗户上，挂着陀思妥耶夫斯基的照片。走进大门时，我的目光正好和照片上陀思妥耶夫斯基的目光相遇。这是一双在黑暗中凝视远方的眼睛，那沉思的忧伤的目光使我肃然起敬。陀思妥耶夫斯基的寓所在二楼，是一个有五间房子的大套间。门厅的走廊里陈列着陀思妥耶夫斯基戴过的黑色圆顶大礼帽，尽管过去了一百多年，这顶礼帽依然完好如新。站在门口，面对着走廊里的镜子和衣帽架，可以想象当年主人出门上教堂前对着镜子整理衣帽的情景。这时，他的一对儿女一定已经穿戴整齐了站在门口等候父亲……

　　陀思妥耶夫斯基逝世于1881年，而他的故居博物馆却到1971年才正式建立，其间相隔90年。这90年中陀思妥耶夫斯基故居一直是普通的民宅，房子数易其主，有些房客甚至不知道这里曾住过一位天才的伟大作家。这样的现象在俄罗斯似乎不合常规。因为，俄罗斯人对自己的历史、文化和艺术的珍惜是举世闻名的。在城市的街头巷尾，到处可以发现政府为一些文化人树立的塑像和纪念碑，有些人的名字人们甚至不怎么熟悉。而陀思妥耶夫斯基这样影响遍及全球的作家，为什么会遭到如此冷落？陀思妥耶夫斯基博物馆的讲解员，一位彬彬有礼的小伙子，开门见山地把答案告诉了我，他说："因为早期的苏联领导人不喜欢陀思妥耶夫斯基，把他称为'坏作家'，所以他的故居也只能默默无闻。"

　　如果说，以前陀思妥耶夫斯基在我的心里有一种神秘感，那么，在走进他的故居之后，这种神秘感便开始逐渐消散。

进门第一间屋子，是儿童室。墙上挂着陀思妥耶夫斯基一对儿女的黑色剪影，玻璃橱里放着父亲送给女儿的生日礼物：一些漂亮的瓷娃娃。地上是儿子玩的木马。桌上摆着几本书：普希金的儿童诗、果戈理的小说选、俄罗斯民间歌谣，这是陀思妥耶夫斯基每天晚上在孩子临睡前给他们念的读物。桌上还有一张字条，上面是六岁的儿子用歪歪扭扭的笔迹写的一句话："爸爸，给我糖果……"这间房子里的一切，都充满了父爱的温馨，令人感动。陀思妥耶夫斯基一生结过两次婚。第一位妻子是他被流放到西伯利亚时结识的，婚后不久妻子便因病而逝。第二次结婚时，陀思妥耶夫斯基已经四十六岁，而他的妻子安娜只有十九岁。安娜原是陀思妥耶夫斯基雇用的速记员，是一位善良、聪明而又坚强的女性，两人在工作中产生爱情并结为夫妻。安娜共生了四个孩子，不幸夭折了两个。活下来的一对儿女是陀思妥耶夫斯基晚年生活中的欢乐天使。在这间儿童室里，无须讲解员做更多的解释，环顾室内的摆设，便能感受到一种温暖动人的天伦亲情。

儿童室隔壁是安娜的房间，也是他们夫妇的卧室。安娜的桌上有她为丈夫做速记的手稿，也有她为日常生活开销列出的账目清单。安娜的笔迹简洁有力，从中可以窥见她坚强干练的性格。旁边一张梳妆桌上有一帧陀思妥耶夫斯基送给妻子的照片，照片上的陀思妥耶夫斯基表情严肃，照片下他的亲笔题词却充满柔情："献给我最善良的安娜。"在晚年有安娜这样一个好妻子，也许是陀思妥耶夫斯基一生中最大的幸运。安娜不仅是丈夫创作上的得力助手，在生活上对他的照顾也是无微不至。当陀思妥耶夫斯基那可怕的癫痫病发作时，只有安娜的抚慰能使他镇静。安娜乐于为自己的丈夫做任何事情。可以说，她把自己的一生毫无保留地献给了陀思妥耶夫斯基。在俄罗斯作家们的生活中，这几乎是绝无仅有的现象。难怪托尔斯泰曾发出这样的感慨：如果其他作家也有陀思妥耶夫斯基和安娜这样美满的婚姻，那么俄罗斯文学大概会更加丰富。

走过一个小餐厅，就是客厅。墙上挂着一幅宗教色彩很浓的油画，画面上耶稣从天而降，前来拯救两个正在受难的年轻人。这个客厅里，曾经高朋满座，圣彼得堡一些有名的演员、作家和医生，是这里的常客。一面墙上挂着一些当时经常来这里做客的名流们的照片。晚上，客人们陆续离去，妻子儿女们入睡了。接下来，就是陀思妥耶夫斯基写作的时间。陀思妥耶夫斯基喜欢一个人坐在客厅的沙发上构思他的小说。他的习惯是一边吸烟，一边思索，一个晚上竟可以吸十支烟。深夜，安娜起来为丈夫煮咖啡做点心，走进客厅时，只见缭绕的烟雾包围了坐在沙发上的陀思妥耶夫斯基……

陀思妥耶夫斯基虽然也有贵族的头衔，但他并不富裕。在圣彼得堡为数不多的靠稿酬为生的作家中，他的生活极其平民化。陀思妥耶夫斯基活着的大部分时光，几乎都在拼命写作，所以有人称他为"写作机器"。我想，在很大程度上，这也是生活所迫。尽管如此，他的作品却不是那种胡编乱造的欺世之作，他的故事来自真实的生活，他的感情发自内心深处。和他同时代的作家中，很少有人像他那样不知疲倦地作着深刻思索。他的作品早已成为世界文学宝库中灿烂夺目的一部分。陀思妥耶夫斯基的生活和创作很自然地使我联想起巴尔扎克。

陀思妥耶夫斯基的书房就在客厅的隔壁。这是一间将近三十平方米的大书房；据说里面的家具和摆设一如当年。在那张柚木大书桌上，陀思妥耶夫斯基写出了《卡拉玛佐夫兄弟》。书桌前有一把雕花木椅，陀思妥耶夫斯基有时也在书房里接待客人，这把椅子是客人们的专座。墙上挂着一幅油画，是拉斐尔的《西斯廷圣母》的临摹。这间书房，看上去有一种空旷冷寂的感觉，对于它是否真的保留了当年的原貌，我有些怀疑。不过毫无疑问，陀思妥耶夫斯基当年曾天天在这里伏案写作。

1881年2月6日上午，陀思妥耶夫斯基像往常一样正在伏案写作。桌上的一支笔被他的臂肘碰落在地上，他俯身想去捡笔，鲜血突然从口中喷出，随即扑倒在地。安娜闻声赶来，把陀思妥耶夫斯基扶到床上，然后急着要去请医生。陀思妥耶夫斯基伸出一只手，吃力而又平静地阻止她："不必了。去请牧师吧。"他自知不久于人世，不想再麻烦医生。安娜还是坚持请来了医生。在床上躺了一天，陀思妥耶夫斯基感到体力恢复了不少，居然又打算起床继续写作，然而毕竟力不从心，起来后复又躺倒。安娜坐在床边日夜陪伴着他。在昏迷中，陀思妥耶夫斯基一直把妻子的手紧握在他那瘦而宽大的手掌中。2月8日午夜，陀思妥耶夫斯基从昏睡中醒来，他从枕头边拿起一本《圣经》，随手翻开，将颤抖的手随意按在翻开的书页上，然后凝视着天花板，请坐在身边的安娜读出他的手指点到的那一部分文字。安娜看着《圣经》，低声读道："你们不要控制我，我已经找到了伟大的真理……"陀思妥耶夫斯基听罢大吃一惊，他认为这正是死神的召唤。第二天早晨8点37分，这位伟大的作家安然离开了人世……

我久久地站在书房门口，想象着曾发生在这间屋里的一切，想象着陀思妥耶夫斯基在这里所经历的激情悲欢。那张柚木大书桌上，点着两支风吹不灭的电蜡烛。烛光下，摊着陀思妥耶夫斯基未完成的小说手稿。桌角上，是女儿写给他的一张字条，上面写着："爸爸，我爱你。"讲解员告诉我，这两支永不熄灭的蜡烛是一种象征，象征着作家的创作永远没有停止。讲解员的解释固然很动人，然而在我的眼里，这两支闪烁着温暖光芒的蜡烛也是人间美好感情的象征。被烛光照耀的墙壁上，挂着安娜的相片，相片上的安娜永远以一种亲切宁静的微笑凝视着丈夫的书桌。烛火里，似乎也时时回响着一个小女孩纤弱而又忧伤的呼唤："爸爸，我爱你……"

也许以前很少有中国作家来这里，我们的访问使年轻的讲解员很激动。临走的时候，他问我："您认为陀思妥耶夫斯基是一位怎样的作家？"我这样回答他："他是一位伟大的作家。他的作品揭示了人类心灵中的很多秘密。他的作品是属于全人类的宝贵财富。"讲解员向我鞠了一躬，然后真诚地对我说："谢谢您的这番话。我要把您的话告诉来这里参观的其他人！"

大概是为了报答我，讲解员送给我一张印有陀思妥耶夫斯基手迹的画片。这是他的长篇小说手稿的一页，字迹密集而凌乱，从中可以看到作家思维的活跃。有意思的是他随手涂在稿纸上的一些图案。图案画的是教堂的拱门，完成的和未完成的加在一起，一共有十二扇，它们大大小小，毫无规律地分布在文字的空隙间。我想，这些门应该是陀思妥耶夫斯基的"意识流"的产物，是他的精神活动在无意间流露出来的轨迹。这些门代表什么呢？也许是一种渴望，是一种对理想境界的呼唤。作家的探索和创造，不正像在努力开启一扇扇锁着的门？有些作家打开了那些门，把门内神秘的世界展现在人们面前，使人们惊叹天地和人心的浩瀚。陀思妥耶夫斯基就是这样的作家。而有些作家，终身只能在那些锁着的门外徘徊。

山雨

　　山雨来得突然——跟着一阵阵湿润的山风，跟着一缕缕轻盈的云雾，雨，悄悄地来了。

　　先是听见它的声音，从很远的山林里传来，从很高的山坡上传来——

　　沙啦啦，沙啦啦……

　　像一曲无字的歌谣，神奇地从四面八方飘然而起，逐渐清晰起来，响亮起来，由远而近，由远而近……

　　雨声里，山中的每一块岩石、每一片树叶、每一丛绿草，都变成了奇妙无比的琴键，飘飘洒洒的雨丝是无数轻捷柔软的手指，弹奏出一首又一首优雅的小曲，每一个音符都带着幻想的色彩。

雨改变了山林的颜色。在阳光下，山林的色彩层次多得几乎难以辨认，有墨绿、翠绿，有淡青、金黄，也有火一般的红色。在雨中，所有色彩都融化在水淋淋的嫩绿之中，绿得耀眼，绿得透明。这清新的绿色仿佛在雨雾中流动，流进我的眼睛，流进我的心胸。

这雨中的绿色，在画家的调色板上是很难调出来的，然而只要见过这水淋淋的绿，便很难忘却。

不知在什么时候，雨，悄悄地停了。风也屏住了呼吸，山中一下变得非常幽静。远处，一只不知名的鸟儿开始啼啭起来，仿佛在倾吐着浴后的欢悦。近处，凝聚在树叶上的雨珠还往下滴着，滴落在路旁的小水洼中，发出异常清脆的音响——

叮——咚——叮——咚……

仿佛是一场山雨的余韵。

庞贝晨昏

　　离开苏连托，汽车沿地中海开了几个小时，目标是一个神秘之地——两千年前突然消失的古城庞贝。浩瀚的海和晴朗的天相连，一片令人心醉的蓝色。蓝色的海，在夕阳映照下，更是蓝得深沉莫测，如一块巨大的墨色水晶，在碧空下漾动。

　　庞贝的故事，我童年时代就从书中读到过。公元七十九年八月二十四日，维苏威火山突然爆发，坐落在火山脚下的古城庞贝，被火山熔岩吞没，从人间消失。很多年后，人们才发现这座已经被埋在地下的城市，遥远古代发生的悲惨景象，被定格在火山的熔岩中，他们临死前的挣扎，他们痛苦恐惧的表情，重现在现代人的面前。在我儿时的记忆中，这个历史事件是最不可思议的事情，而庞贝，也成为我印象中神秘的地方。儿时曾经有过梦想，如果有机会出国，一定要去看看庞贝。

此刻，庞贝在望。从苏连托赶到庞贝，时近黄昏，通向庞贝古城的大门已经关闭。举目远眺，青灰色的维苏威火山默立在天边，山顶缠绕着白色的云烟，燃烧的晚霞渐渐将山影和天空融为一体……

当年维苏威火山爆发时，一艘正在海上航行的帆船看到了火山喷发的火光和烟柱，庞贝城成为山坡上的一个巨大火炬。船上的水手们想赶来救援，帆船却被从空中落下的岩浆击中，船毁人亡，勇敢的水手们成为庞贝的殉葬者。此刻，神秘的庞贝古城仿佛沉思在夕照中，静静地面对着我这个万里之外前来探寻的东方来客。

第二天清晨，从那不勒斯出发，早早赶到庞贝，古城博物馆刚刚开门。我成为这天第一批走进庞贝的人。

古老的街道沐浴在朝晖中，路面的一块块石头，如光滑的古镜反射着日光，让人感觉目眩。这光滑的石头路，被无数人的脚磨得光滑发亮。摩擦过这路面的脚，究竟是两千年前的古罗马人，还是这数百年来的近代和现代人呢？谁也无法分辨这路上的人迹了，古人今人的脚印，早已融为一体。笔直的大道印证着当年庞贝的恢宏气派，可以想象贵族的骑兵和车队曾如何在路上经过，还有那些负重而行的奴隶……古城中到处可见废墟，巨大的竞技场、浴场、贵族的庭院、工人的作坊。庞贝的繁华和奢侈，从废墟的残垣柱桩中依然能够窥见。贵族庭院中的彩色马赛克，今天看来仍鲜艳如新，浴场的豪华和排场，令今人咋舌。还有规模不小的妓院，墙上的壁画上描绘着当年庞贝人的淫乐之态。难怪有人说，庞贝的毁灭，是因为享乐过度，所以上天才点燃了惩罚之火。

不过，惩罚之火的说法，无论如何难以成立。火山喷发时，庞贝的所有居民，无论尊贵卑贱，无论富贵贫穷，都遭到了惩罚，并没有因为生前未曾享乐而幸免。对两千年前的庞贝人来说，这次突然的火山爆发，无异于世界末日，在爆炸声和火焰光中，他们看见了世界和生命被毁灭的景象，一切都在火光中灰飞烟灭……

　　在一间大作坊中，我看见了那些被火山熔岩定格的死者。这些古代死者，并不是木乃伊，也不是人工的雕塑。考古学家们在凝固的火山灰中发现这些尸体的空壳，便用石膏使之复原，一批垂死者的真实雕塑，便重现在世人面前，现代人可以由此想见庞贝毁灭时发生的故事。这些石膏人模展现的，是庞贝人临死前的形状，让人心灵震撼：人们在奔跑逃命，在呼号痛哭，在突然来临的死神面前惊恐万状，有人两手抱头，蜷曲成团；有人以手掩面，靠墙跪蹲；有人躺在地上，扭曲变形……一个母亲，将婴儿紧紧环抱在胸前，用自己的头、身体和四肢遮挡着火焰和岩浆，人间伟大的母爱，被凝固在这里；一对情侣，紧紧拥抱着合二为一，在夺命烈焰中，爱情成为永恒；一只大狗，扑在一个孩子身上，试图在为他遮挡住从天而降的火山灰，孩子则伏在大狗的身下，一只手紧搂着狗的脖子，人和狗相拥而亡的景象，悲惨而感人，世间的生命，就这样相亲相爱，生死依存……

如果世界真是由上天创造的，那么，这位上天创造的最伟大的东西，不是世间万物，不是宇宙，而是生命之爱。庞贝人在生命被毁灭时的表现，印证了这样的爱。

庞贝作为一座繁华的城市，再也没有恢复。然而世界并没有因为庞贝的消失而毁灭，人类依然在大地上生活繁衍。在庞贝的废墟上，鸟还在天上飞翔，牛羊还在山坡上吃草，花树还在土地中萌芽抽叶。而庞贝人在面对死神时的种种动作和神态，成为人类之爱的永恒表情，悲惨而神圣，让每一个参观者心颤，也让人思索生命的意义。

　　我站在庞贝的中心向远处眺望，维苏威火山呈一种神秘的青灰色，起伏在碧蓝的天空下，以沉默俯瞰着被它毁灭的城市。当年喷吐过死亡之火的山峰，也许会一直沉默下去，成为天地间永恒的谜语。

在柏林散步

早晨醒得早，起身出门散步。沿着宾馆对面的花园无目的地行走。花园尽头，是一个十字路口，见一片被围起来的废墟，荒草丛生，似乎有点煞风景。回宾馆后听人介绍，才知这片废墟当年就是纳粹党卫军冲锋队总部，纳粹的头领带着他们的随从常常在这里进出。对生活在柏林的犹太人来说，这就是地狱之门。盟军和苏联红军攻打柏林时，这里当然是主要的轰炸目标，炸弹将这一片楼房夷为平地。"二战"结束后，被摧毁的柏林很快开始重建，德国人在废墟上重新建造起一座新的柏林，但纳粹冲锋队遗址却一直被废弃着。我想，这是一种姿态，也是一种警示。这样疯狂地镇压人民的武装机构，不应该再恢复。这废墟触目惊心地横陈在闹市中，也可以提醒人们这里曾发生过什么，提醒人们德国在"二战"中曾犯下的深重罪孽，提醒人们再不要重蹈覆辙。我很自然地想起"二战"后德国总理勃兰特访问波兰时的一幕，在被纳粹杀害的犹太人纪念碑前，他含着眼泪下跪。全世界都记住了德国总理的这个情不自禁的动作。一个敢于直面历史，勇于反思，汲取教训的民族，是可以获得谅解并赢得尊敬的。同样在二十世纪对人类犯下战争罪孽的日本，很多政客对历史的看法便大不一样，在日本，这样的姿态和提醒，似乎少见。

上午继续在城中漫步。离我们的宾馆不远，就是当年的柏林墙。隔离东西方的高墙早已倒塌，但遗迹还在。当年围墙的唯一通道，是一个壁垒森严的检查站，两面都有全副武装的军人把守。检查站的岗楼还在，楼边竖立着一块高大的广告牌。我们从东柏林一侧看，广告牌上是一个苏联军人的大照片，如从西柏林一侧看，则是一个美国军人的大照片，照片上的军人表情肃穆，目光中含着几分忧郁。那目光给人的联想是复杂的，它们折射出一段漫长的不堪回首的历史，它们和人为的分隔和敌对连在一起，和无谓的流血和牺牲连在一起。柏林墙被推倒已经十多年了，在柏林城里，那道围墙的痕迹依然清晰地被留在地上，每个自由经过这里的人都可以看到地上那道用石头铺出的墙基。我们的汽车在当年的检查站旁边停下来，我发现，那里有一家商店，店门外的墙壁上，镶嵌着一块块柏林墙的残片，残片上是彩色的绘画局部，依稀可辨流泪的眼睛，扭曲的肢体，让人产生沉重的联想。

离柏林墙检查站不远，便是当年纳粹的党卫军总部，那是一幢古希腊式的石头大厦，竟然没有被盟军的炸弹轰塌。大厦门口，有两尊石头雕像，雕的是谁已经无法辨认，当年的炮弹炸飞了雕像的上半身，我能见到的只是两个黑色的不规则残体。应该承认，这是一幢颇有气派的建筑，如果不是党卫军用来当总部，它应该也是柏林引以为豪的建筑。然而它却成了凶暴残忍的象征！当然，建筑无辜，是入住此地的纳粹党徒们有罪。很显然，这也是没有被修复的一栋建筑，其用意，大概和我们宾馆对面的那片废墟是一样的吧。被岁月熏成黑黄色的墙面上，能看到累累弹痕，惊心动魄的历史，静静地凝固在这些沉默的弹痕里。

在纳粹党卫军总部对面，是古老的普鲁士议会大厦。这座大厦当年也曾毁于轰炸，但战后又修复如初。早就听说德国人修复被毁建筑的功夫惊人，在柏林，眼见为实了。普鲁士议会大厦前，有一座高大的青铜坐像，那人物，眉眼间颇觉熟悉，仔细一看，竟是歌德。青铜的歌德在这里大概也坐了一百多年了，街对面那座大厦里发生的事情，都曾活动在他的视野中。崇尚自由讴歌人性的歌德，目睹自己的国度发生如此荒唐野蛮的故事，该作何感想呢？

　　看到了著名的勃兰登堡门。当年，它属于东柏林，由于它紧贴柏林墙，一般人难以走近它，在很多人心目中，它已经和柏林墙连成一体，也是咫尺天涯的隔绝象征。柏林墙的墙基，很触目地横过勃兰登堡门前面的大街，每一个穿过街道的人都会看到它踩到它越过它，此刻，它只是地上的一道痕迹了。勃兰登堡门前的广场上，有不少游览拍照的人，阳光下，门顶上那组青铜雕塑闪闪发亮。柏林墙被推倒的那一天，欢庆的德国年轻人爬到了门顶上，雕塑的马腿和人像的手足都被扭歪了，事后费了很大的功夫才将它们修复。穿过勃兰登堡门往东，就是当年的东柏林，正对勃兰登堡门的是著名的菩提树大街。我们眼帘中那些方正高大的建筑，基本上都是"二战"后建造的，1945年前的老柏林，已经旧迹难寻了。

　　不过，在柏林还是到处能看到旧时建筑，少数是残存的，大部分是重修的，如那幢堪称巍峨的国会大厦。当年希特勒利用那场不知所终的国会大厦纵火案，清洗了德国共产党，国会大厦也因此名扬天下。在我的记忆中，与此有关的是苏联电影《攻克柏林》，在这幢大厦中曾有过殊死搏杀。两个苏联红军战士将胜利之旗插上大厦圆形穹顶的镜头，令人难以忘怀。其实，这幢大厦当年也被战火严重损伤，那个巨大的绿色圆顶，几乎整个被炮火掀去。战后，大厦被修复，但那个圆顶，却只留下镂空的骨架。这是战争的纪念，也可以让德国人睹物思史，反思那段耻辱的历史。在国会大厦前的草坪上散步时，我发现一个现象：在这个宽阔的草坪上走动拍照的，竟然大多是中国人，如果不看周围的建筑，真让人误以为是回到了中国。

洪堡大学也在菩提树大街边。车经过时我走进校门看了一下。洪堡大学是世界著名的大学，许多了不起的文学家、哲学家和科学家曾就教或就读于此，其中有诗人海涅，哲学家黑格尔和费尔巴哈，科学家爱因斯坦，马克思和恩格斯也曾在这里读书。曾先后有三十多个诺贝尔奖获得者在这里上学或任教。因为是星期天，静悄悄的校园里看不见人影。两棵高大的银杏树将金黄色的落叶撒了一地，落叶缤纷的草地上，有一尊大理石雕像，我不认识被雕者为谁，是一位沉思的老人。看了雕像上的文字，方知是诺贝尔文学奖获得者特奥多尔·蒙姆森（Theodor Mommsen），这是德国历史学家，曾在洪堡大学讲授古代史，也曾任该校校长。因为他的《罗马史》写得文采斐然，获得1902年的诺贝尔文学奖。此刻，这位睿智的老人独自沉思在他曾经工作过的校园里，凝视着遍地黄叶……

第二辑

音乐的光芒

音乐的光芒

深夜。无月，无风。带木栅栏的小窗外，合欢树高大的树冠犹如张开着巨臂的人影，纹丝不动，贴在墨一般深蓝的天幕上。一颗暗淡的星星孤独地挂在树梢，像凝固在黑色人影上的一粒冰珠，冷峻而肃穆。

静。静得使人想到死亡。思绪的河流也因之枯涸，没有涟漪，没有飞溅的水花，没有鱼儿轻盈的穿梭……只有自己沉闷的呼吸，沉闷得像岩石，像龟裂的土地，像无法推动的铁门。难熬的寂静。这时，突然有一种极轻微的声音从远处飘来，仿佛有一个小提琴手将弓轻轻地落到 E 弦上，又轻轻地拉了一下。这过程是那么短促，我还没有来得及品味其中的韵律，声音已经在夜空里消失。世界复又静寂。在我的小草屋里，这响动却留下了回声，一遍又一遍，委婉沉着地回荡着，回荡成一段优美的旋律，优美中蕴涵着淡淡的忧伤，也流淌着梦幻一般的欣喜。眼前恍惚有形象出现：一个黑衣少女，伫立在月光下，拉一把金黄色的小提琴，曲子是即兴的，纤手持着轻巧的弓，在四根银弦上自由自在地跳跃滑行。音符奇妙地从弓弦下飘起来，变成一阵晶莹的旋风，先是绕着少女打转，少女黑色的长裙在旋风中翩然起舞，旋风缓缓移动，所达之处，一片星光闪烁。渐渐地，我也在这旋风的笼罩之中了。我仿佛走进了一个辉煌的音乐厅，无数熟悉的旋律在我耳畔光芒四射地响起来。钢琴沉静地弹着巴赫，长笛优雅地吹着莫扎特，交响乐队大气磅礴地合奏着贝多芬……也有洞箫和琵琶，娓娓叙说着古老的中国故事……

终于，一切都消失了，万籁俱寂，只剩下我坐在木窗下发呆。窗外，合欢树的黑影被镀上一层亮晶晶的银边。月亮已经悄悄升起……

以上的经验，距今已有二十多年，那时我孤身一人住在荒僻乡野的一间小草屋里，度过了无数寂静的长夜。静夜中突然出现的那种声音，其实是附近的人家在开门，破旧的木门被拉动时，常常发出尖厉的摩擦声，从远处听起来，这尖厉的声音便显得悠扬而奇妙，使我生出很多不切实际的幻想。门轴的转动和美妙的音乐，两者毫不相干，把它们联系在一起，似乎很荒唐，然而却又是那么自然。一次又一次，我独自沉浸在对音乐的回忆中，这种回忆如同灿烂的星光洒进我灰暗的生活，使我在坎坷和泥泞中依然感受到做一个人的高尚和珍贵。

是的，如果要我感谢什么人，而且只能感谢一次，那么，我想把这一次感谢奉献给那些为人类创造出美妙音乐的人。倘若没有音乐，我们的生活将会变得多么沉闷可怕。我曾经请一位作曲家对音乐下一个定义，他几乎是不假思索地答道："什么是真正的音乐？音乐是人类的爱和智慧的升华，是人类对理想的憧憬和呼唤。"他的回答使我沉思了很久。这回答当然不错，可是用这样的定义来解释其他艺术，譬如绘画和舞蹈，似乎也未尝不可。但音乐毕竟不同于其他艺术。音乐把人类复杂微妙的感情和曲折丰富的经验化成了无形的音符，在冥冥之中回响，它们抚摸、叩动、撞击甚至撕扯着你的灵魂，使浮躁的心灵恢复宁静，使干涸的心田变得湿润，也可以让平静的心灵掀起奇妙的波澜。音乐对听者毫无要求，它们只是在空中鸣响，而你却可以使这鸣响变成翅膀，安插到你自己的心头，然后展翅翱翔，飞向你所向往的境界……而其他艺术则难以达到这样的境界。音乐是自由的，又是无所不在的。有什么记忆能比对音乐的记忆更为深刻，更为顽强，更为恒久呢？这种记忆不会因岁月的流逝而失去它应有的色彩。当你被孤寂笼罩的时候，能够打开这记忆的库藏是一种莫大的幸运。你有没有这样一个音乐库藏呢？如果有，那么你或许会理解，一扇木门的响动，怎么会变成优美的小提琴独奏。你的生活中曾经有过美妙的音乐，你的心曾经为美妙的音乐而震颤陶醉，那么，这些曾使你动情的旋律便会融化在你的灵魂里。一个浸透了动人音乐的灵魂是不会被空虚吞噬的。是的，我常常陶醉在美妙的音乐里，我常常不去想这音乐究竟是表达什么内容，有些旋律永远无法用语言来解释，只能用你自己的心灵和思想去感受，去体会，去遐想。而这种无拘无束、自由自在的遐想，是人生旅途中何等诗意盎然的境界。

我想起了我喜欢的一位中国指挥家侯润宇，他曾周游列国，在国际乐坛上为中国人争得了荣誉。我一直无法忘记他指挥的一场交响音乐会。这是一位瘦小而文静的中年人，在生活中并不起眼，和那些用夸张的动作和表情站在乐队前手舞足蹈的指挥相比，他实在太文雅太安静了。但他能用心灵感受音乐，理解音乐，表现音乐，他的精神中充满了音乐。当他站到庞大的乐队前面，不慌不忙地举起指挥棒时，就像一个骄傲而威严的大将军面对着他的千军万马……

那场音乐会演奏的是瓦格纳的歌剧《唐豪赛》序曲。侯润宇用他那根小小的指挥棒，挑出了惊天动地的声音。我在音乐中闭上眼睛，想透过轰鸣的旋律寻找《唐豪赛》中的人物，然而我失败了。我的眼前既未走来朝圣的信徒，也没有舞出妩媚的仙女，那位在盛宴上放歌豪饮的英雄更是无影无踪。我在音乐中感觉到的是一种毫不相干的景象。被轰鸣的旋律簇拥着，我仿佛又走到了二十年前我常常走的一道高耸的江堤上。灰色的浓云低低地压在我的头顶，眼前是浩瀚无际的长江入海口。浑黄的江水在云天下起伏翻滚，发出低沉的咆哮，巨大的浪头互相推挤着，成群结队向我扑来。巨浪一个接一个轰然打到堤岸上，又被撞成水花和白雾，飞飘到空中，飞溅到我的身上。我的整个身心逐渐湿润了，清凉了，郁积在心底的忧愁和烦恼在轰鸣的涛声中化成了轻烟，化成了白色的鸥鸟，振抖着翅膀翔舞在水天之间。浓重的铅云开裂了，露出了缝隙，一道阳光从缝隙中射进来，射在起伏的水面上，波浪又把阳光反射到空中。我是在一片光明的包围之中了……

人生妙境

人生的美妙境界是什么？

这个问题也许并不那么简单。但在我，却可以毫不犹豫地回答：是沉醉在优美的音乐之中。当无形的音符在冥冥之中翩然起舞，汇成激动人心的旋律把你包围、把你笼罩、把你淹没时，你会忘记世间的烦恼。你的心会变成鸟，轻盈地飞翔在音乐构成的天空；你的灵魂会变成鱼，自由自在地游弋于音乐汇成的河流中……你会融化在音乐中，仿佛自己也化成了音符，化成了音乐的一部分。音乐会使你微笑，使你流泪，使你不由自主地发出深深的叹息，这一切都令人陶醉。音乐像大热天里的丝丝凉雨，轻轻地掸落那飘浮在你心里的灰尘……

音乐无求于你，它只是在空中鸣响。假如你的听觉和心灵之间有一根弦渴望着被拨动，那么，音乐就会变成许多灵巧的手指，把你的心弦弹拨，于是，你的心中便会有绵绵不绝的美妙回响……

当然，音乐，是一个内涵极为丰富的大范畴，个人的兴趣不可能包罗万象。不同的人心目中会有不同的美妙音乐。如果说，凡是音乐便能使我陶醉，那显然荒唐。我喜欢西方古典音乐，譬如，巴赫的庄重安详，贝多芬的热情雄浑，莫扎特的优美典雅，肖邦的飘逸忧伤，柴可夫斯基的深沉委婉……我的心弦无数次地在他们的音乐中颤动。这些音乐，是人类的智慧和感情的最美丽的结晶。作曲家将人类的高尚理想和美好情绪转换成了旋律，这样的旋律无疑是音乐中的精华。我以为，就这一点来看，这些伟大的古典音乐家的成就已经到了登峰造极的程度，就像中国人用五言或七言来作诗，想要超过李白、杜甫他们一样的不易。我的观念也许陈旧，但我无法改变它。对那些嘈杂的所谓现代音乐，我怎么也喜欢不起来，它们使我烦躁。我理解中的好音乐应该使人宁静，引人走向美妙的境界。这样的境界在你的人生经历中也许曾出现过，音乐便使你重温这些境界；这样的境界也许只是你的幻想，只是你的梦，你在生活中不可能抵达这境界，而音乐使你的美梦成真。

童年时代做过很多梦，其中最强烈最执着的一个，便是想有朝一日成为音乐家。然而这种向往始终只是一个梦，可望而不可即。

童年时对音乐的迷恋非常具体，那就是对乐器的迷恋。那些拥有乐器并且能熟练地演奏它们，以此来倾吐丰富的内心情感的人，曾是我心目中幸运而又幸福的人。那时最令我讨厌的事情是跟大人去商店购物，当大人们在货架上兴致勃勃挑选商品，而我只能在一边等着，那真是索然无味到了极点。但有一种商

106

店我却是心驰神往，永远不会讨厌，毫无疑问，那是乐器铺。不管是卖新乐器的商店还是寄售乐器的旧货商店，我都是百观而不厌。欣赏着橱窗里的提琴、手风琴、小号、圆号、长笛、黑管、吉他，仿佛是看到了童话中的神灵，尽管它们一个个默然无语，但我可以一一想象出属于它们的悦耳动听的声音。假如在店堂里遇上几个前来选购乐器的顾客，那简直可以使我心花怒放。选购者调试乐器奏出的乐声，在我听起来真是美妙无比的音乐，哪怕只是用手指在小提琴或吉他的弦上弹拨几下，那声音也会在店堂里发出悠长神奇的回响，使我心迷神醉。

第一次接触的乐器是口琴。那是一个亲戚送给我的一把旧口琴，其中还断了几根簧片，它成了我的宝贝。当我摸索着用它吹奏出断断续续的曲调时，兴奋得手舞足蹈。上小学后，父亲为我买了一把新的国光牌口琴。记得我曾在学校的联欢会上表演过口琴独奏，当听到同学们的掌声时，心里不免有几分得意。

后来觉得口琴太小儿科，一心想学拉小提琴。然而小提琴比口琴昂贵得多，要想得到一把不那么容易，只能站在乐器铺的柜台前"望琴止渴"。读初中的时候，终于有了一把小提琴。我的哥哥用他工作后第一次领到的工资为我买了这把提琴，花了 12 元钱，在当时这可不算个小数目。这是一把没有牌子的旧提琴，被岁月熏成棕黑色的琴面上有一条裂缝，弓上的马尾鬃断了四分之一。它的音色却出奇的洪亮，远非那些光可鉴人的新提琴所能相比。收到哥哥的这件礼物时，我的激动和兴奋是难以用言辞表述的，从来没有一件礼物曾给我带来那么多的欢乐。记得当时刚读过波兰作家显克微支的短篇小说《少年扬科》，小说中那个酷爱音乐的孩子因为摸了一摸主人的小提琴，竟被活活地打死。我觉得，假如和那个不幸的波兰孩子相比，我简直是一个幸运的大富翁了。我的周围没有人能教我拉琴，但这并不妨碍我在那四根银弦上倾诉我对音乐的渴望和热爱。后来到崇明岛插队落户时，在我简单的行囊中就有这把老提琴。在那一段孤独、艰苦的岁月中，这把老提琴和许多书籍一样，成了我的忠实亲切的朋友，为苍白的生活增添了些许色彩。

我和音乐的缘分只是到此为止。我只能以一个爱好者的身份在音乐的殿堂门口流连。被束之高阁的口琴和小提琴只能勾起我对童年时代的回忆，回忆起当年想成为音乐家的那个美丽而又缥缈的梦。当我老态龙钟的时候，这些回忆依然会清晰如昨日，把我带回到一生中最富有诗意的时光……

不过，音乐作为人生旅途上的一个朋友，它从来没有抛弃过我。当我需要它的时候，它总是翩然而至，只要打开录音机，只要在音乐厅里坐下来，它就会一如既往地把我笼罩，把我淹没，荡涤我心中的烦躁，把我引进一个又一个新的奇妙无比的境界。

我曾经写过不少和音乐有关的诗文，但我更喜欢俄罗斯诗人阿赫玛托娃写给肖斯塔科维奇的那首题为《音乐》的诗，她把对音乐的感受表达得如此深刻

形象而又简洁凝练，使我忍不住抄录下来作为我这篇
短文的结尾：

神奇的火在它体内燃烧，

它的目光闪烁出无数变幻，

当别人不敢走近我的时候，

唯独它敢来跟我说话。

最后一个朋友也把目光移开，

那时，它会在墓中为我做伴，

它像第一声春雷放声歌唱，

又像所有的花朵同时在交谈。

至善境界

万籁俱寂。仿佛世界上只剩下一种声音，然而这声音是如此奇妙，它足以淹没一切空洞的巢穴，足以驱赶一切孤寂。欢乐的泪水在这声音里如涌泉一般流淌，悲伤的叹息如烟云飘绕。这声音，时而像一个激情洋溢的旅人，面对着空山大谷吟诵他无题的诗篇；时而又像一个心灰意冷的艺术家，在夜色中絮絮叨叨诉说他的不幸。也会变成鸟鸣，在晨雾弥漫的林子里迸射出灿烂的歌唱；也会变成流水，潺潺淙淙，沿着曲折蜿蜒的河床无拘无束地奔泻……

这是什么声音？

是小提琴独奏。许多年前听林昭亮的独奏音乐会，他的琴声使我浮想联翩。那天他演奏的是贝多芬的《D大调小提琴协奏曲》，一首我十分熟悉的曲子。然而他的演奏却使我得到一种焕然一新的印象。为什么同样一首曲子，同样是这些音符，他的演奏却显然不同于梅纽因，也不同于斯特恩？其中的奥秘难以言传。琴弓在四根银弦上轻盈地起落，手指在黑色的弦板上跳动，乌黑的短发和金黄色的琴体交织成色彩和谐的插图。我完全沉浸在古老的旋律之中。他时而微阖双目陷入冥想，时而睁开眼睛遥望远方，或者凝视那四根在他的目光下颤动的银弦，如同看一个亲近的老朋友。而弓的起落和手指的滑动，完全是不假思索，一切都那么自然，那么顺理成章。弓和弦的每一次接触和摩擦，都恰到好处。这是灵魂的触角在叩打艺术之宫的门环，那响声可以使所有聚精会神的心灵为之颤抖。然而没有人能复述那悠长无尽的回响。此刻，演奏家的灵魂和肉体，乃至他每一个细微的表情和动作，都已经和他手中的小提琴融为一体，和小提琴所振荡出的旋律融为一体。这是一种美妙的境界，这境界使乐曲升华，使曾经固定在曲谱上的旋律有了全新的生命和意义。我想，如果贝多芬还活着，一定会感到新鲜。因为，这位中国小提琴家已经把自己对艺术和生命的理解灌注进《D大调小提琴协奏曲》中。

这是一种至善至美的境界。这种令人陶醉的境界如何才能产生，恐怕很难以三言两语解释清楚。如果仅仅凭着娴熟的技巧复述一件作品的外在形态，那么便无境界可言，哪怕复述得再完整再精确，依然只是复述而已。就像画匠临摹名画，临摹得再逼真，也只能是一件价值不大的赝品。我想，形成这种境界，需要用心灵去追求，当艺术家全身心都沉浸在一种渴望创造、渴望表达的状态中，那么，他就可能以自己的感情和想象力，以自己独具一格的手段，将一件人所共知的作品表达出全新的意义。当然，这种境界的创造，必须以熟练而完美的技巧作为基础，没有纯熟的技巧，绝不可能步入展现个性、创造新意的自由王国。在文学创作中，曾有人对一些炉火纯青的大师作这样的评价：从讲究技巧到无技巧。我想，这里所谓的无技巧，其实是在技巧高度纯熟之后的一种升华。

艺术家用心血和灵魂创造的至善境界，永远使我神往。

夜半琴声

肖邦被人称为"钢琴诗人"，这是一个非常妥帖的称号。琴声如诗，超越了时空，在不同国度不同时代的人类心中回荡。有些情绪，可意会而难以言传，只有音乐才能把这样的情绪表达得淋漓尽致。这些音乐的诗歌，比文字的诗歌更传神。我喜欢肖邦，这位"钢琴诗人"创造的美妙音乐，比世界上大多数诗人的作品更深入人心。他的钢琴曲中，有些旋律也许是古典音乐中最能拨动听者心弦的。他的优美中蕴涵着忧伤，他的文雅中涌动着激情，他的欢快中潜藏着愁绪，他的宁静中埋伏着不安。他的大多数作品无需乐队，只要一架钢琴，便能上天入地，让曲折的诗情翱翔远飞。他的钢琴奏鸣曲、夜曲、圆舞曲、玛祖卡舞曲、波兰舞曲、前奏曲、即兴曲、幻想曲、变奏曲、摇篮曲、船曲，都是钢琴的独语。钢琴像一艘奇异的小船，被诗人驾驶着，无所不能，无处不达，所有的梦想和憧憬都能在琴声中实现。

30年前，我在崇明岛"插队落户"。那时，我的生活中几乎没有音乐。夜里，风吹打着屋外的竹林，窸窸窣窣的声音犹如陌生人神秘的低语。一天深夜，我躺在蚊帐里打开那台半导体收音机，飘忽的电波中，断断续续传来雄浑的管弦乐旋律。这是一家我不熟悉的外国电台，当时我曾想，也许是海风把这电波吹到了我这里。我不敢将音量开大，然而我还是不愿意放弃这难得听到的音乐。电台的信号游移不定，必须不断调整频率才能听清楚。管弦乐像大海的波涛，在星月暗淡的夜空下汹涌起伏，时隐时现。这是我从没听过的音乐，然而却似曾相识，好像有点耳熟。突然，一艘小船出现在浪峰上，小船光芒四射，把夜空和波涛映照得一片通亮。这小船，是钢琴。琴声被管弦乐烘托着，又引领着乐队走向远方。我一边调节着收音机旋钮，一边屏息静听，唯恐遗漏了其中的旋律。这是一首钢琴协奏曲。第一乐章气势恢宏博大，仿佛有人在用庄严悲凉的声音倾吐心中的激情，那种悲凉，在我的心里激起强烈的共鸣，它使我联想起陈子昂的诗："前不见古人，后不见来者，念天地之悠悠，独怆然而涕下。"……第二乐章是优美柔曼的抒情，活泼的琴声犹如一个心情急切的游人在山水间寻觅胜景，然而山重水复，云雾茫茫……听第三乐章时，电波受到了干扰，音乐含混不清，我竭尽全力，也无法将频道调节好。留下的印象，是从遥远的海上传来一个落水者时续时断的呼救，那微弱的呼喊不时被呼啸的风声打断。音乐结束时，我听到了播音员的介绍，这是肖邦的《第一钢琴协奏曲》。

这次经验，使我对肖邦有了和以前不同的看法。

那个能写美妙绝伦的《升 C 小调圆舞曲》和优美《夜曲》的肖邦，原来也能写如此博大深沉的协奏曲。作曲家情感的丰富和曲折，使人叹为观止。我以为此后天天都能收听到这家电台的音乐节目，然而奇怪的是，第二天晚上，我那台半导体收音机里便再也找不到这家外国电台，以后也没有找到。我不知道是我的收音机太蹩脚，还是那家电台失了踪。不过，肖邦的《第一钢琴协奏曲》却留在了我的记忆里，尽管它残缺不全。

现在，我已经有了全套的肖邦钢琴曲唱片，可以随心所欲选择听他的作品。我常常听的作品中，有他的《第一钢琴协奏曲》。同一段音乐，在不同的时间，不同的地点，以不同的心情去听，体会可能完全不一样。然而每次听肖邦的《第一钢琴协奏曲》时，我都会情不自禁地想起 30 年前的那个夜晚，想起那种沉醉和焦灼交织在一起的神秘气息。

不散的烟

古雷斯基，波兰音乐家，生于 1933 年。在中国，大概没有多少人知道古雷斯基这个名字，也没有多少人听过他的作品。这不奇怪，因为，中国人很少有机会听他的作品。不过，只要听一听他的《第三交响曲》，你就会记住他，而且很难忘记。

这部交响曲由一群大提琴拉开序幕。大提琴们拉出低沉的旋律，由远而近，深沉雄浑，像一条缓缓流动的河，虽然流速极慢，却惊天动地，它的每一声鸣响，都重重地扣动着人心，使你感到震惊，世界上没有一条河是这样流的！这是一条用血和泪水汇成的呜咽的河，一条集聚着人类所有的悲伤和哀愁的河，一条痛苦的河……在这样的河流边上，你无法不停住自己的脚步，倾听着那震撼灵魂的涛声，你情不自禁地会发问："为什么，为什么如此悲伤？为什么如此痛苦？它从哪里流过来？又要流向何方？"我闭上眼睛，幻想着那条悲伤的河，我的眼前，却出现了一团黑灰色的浓烟，它们在阴云密布的天空中翻滚着，挣扎着，展现出惨绝人寰的景象……

是的，我的想象中浓烟滚滚。在悲伤的旋律中，我看到一个瘦弱的孩子，他站在屋顶上，仰起满头金发的脑袋，默默遥望着远方。远方的地平线上，一缕黑灰色的浓烟袅袅升起，犹如一朵奇异的花，在阴沉的天空中开放、变幻。孩子凝视着天空中的浓烟，眼里噙着晶莹的泪水。那个飘烟的地方，是奥斯威辛，是德国法西斯的集中营。每天，大量的犹太人在那里被残酷地杀害，他们赤身裸体，一群一群地被押进毒气室。那烟，是从焚尸炉的烟囱里飘出来的，这是犹

120

太人的冤魂，在天空中飘绕不散……半个世纪后，这个孩子把这些景象化成了音乐。这孩子，就是古雷斯基。

古雷斯基的家乡卡托维茨，离奥斯威辛仅一箭之遥。德国法西斯当年的暴行，在他幼小的心灵中刻下永难磨灭的印记。成为作曲家之后，他终于有机会用音乐把当年的感受向世界作了倾诉。他的《第三交响曲》是对死难者的哀悼，是对法西斯的控诉，也是对那段可怕的历史的沉思。他的哀悼和控诉不是飘忽迷离的。这部交响曲有一个副题："哀歌"。它的第二和第三乐章，都是歌唱，歌词是当年集中营里的囚犯写在狱墙上的诗篇。这是一个母亲写给儿子的诗。儿子失踪了，毫无疑问，他已经丧命于法西斯的屠刀。悲痛欲绝的母亲，用颤抖的手在斑驳的狱墙上刻写着："即使我把昏花的老眼哭瞎，即使我苦涩的泪水流成另一条奥德河，他们也不会把生命还给我的儿子……他躺在墓穴里，而我不知他在何方……"这是人间最哀伤的心声。她一遍又一遍责问："你们这些残忍的坏人，你们为什么杀害我的儿子？"悲愤的呼号撕扯着人心。她祈求"天国中最圣洁的圣母"保佑自己的儿子，祈求"上帝的鲜花处处绽放"，把幸福赐给天底下所有不幸的人。这是一个受难者在地狱里憧憬天堂，在黑暗中向往光明。她慢慢地唱着，透明清澈的歌声在浑厚浊重的音乐中飞翔，就像一只小鸟，在浓烟翻滚的天空中寻寻觅觅。

古雷斯基是一位很新潮的现代作曲家，他的很多作品都写得极为"现代"。然而《第三交响曲》却用了极古典的手法，其中的很多旋律仿佛是上一世纪的声音。然而这样的声音却同样激荡现代人的灵魂，使人回到那个可怕的年代，思考人类的历史和命运。这部交响曲在西方首演时，曾引起轰动。我想，使人激动，也使人思考的音乐，是情感和智慧的汇合，这样的音乐，必定会有强大的生命力。前不久，作曲家陈钢来我家，我正好在听古雷斯基的《第三交响曲》。

陈钢和我一起静静地听着，不说一句话。几天后，他打电话告诉我，他也买到了一张《第三交响曲》的激光唱片，回到家里又仔细听了。"非常好，真没想到，一个现代作曲家会写出这样的音乐。"陈钢在电话里这样对我说。

在天堂门口

　　小时候，曾在一本外国画报中见过一组照片，印象极深，几十年来一直忘不了。那是从音乐会观众席中摄下的一组人物，一组陶醉在音乐中的人物：一位秃顶的老人，低垂着头以手支额，人们只能看到他亮晶晶的头顶和一缕银色的鬓发，以及挺直的鼻梁下一张抿得紧紧的嘴；一位金发姑娘，侧着脸凝视前方，大睁着的眸子里含满了泪水；还有一个小男孩，小嘴微张着，稚憨的小脸上全是惊奇；而一位老妇人却仰起脸，闭上了眼睛，两只手紧捂在胸口。这四幅照片的题目有点奇怪，叫作《在天堂门口》。

后来自己成了痴迷的爱乐者，经常出入音乐厅，美的音乐使我一次又一次深深沉醉其中。没有人为我解释《在天堂门口》的意义，但我懂得了它。在这个世界上，当然不存在什么天堂，那是虚无缥缈的幻想，但是人类确实为自己创造了天堂一般的境界，譬如音乐。当那些千姿百态的旋律在空中自由飘荡时，你的感情和意志情不自禁会随之翱翔，音乐能引导你游历许多人间难觅的奇境。平时纠缠不清的烦恼暂时烟消云散了。只有音乐，亲切而又庄严地在你的心灵中回响。欣赏音乐，如同站到了天堂门口。当你的精神和音乐融为一体的时候，你就成了另外一个人，冷漠的人会激动起来，暴躁的人会安静下来，不爱回忆的人会敞开记忆的门窗，不爱幻想的人会展开想象的翅膀……《在天堂门口》中那几位沉醉在音乐中的人，就已经进入了这种境界。在音乐厅里，我有时也留心其他听众的表情，我发现，像《在天堂门口》这组照片中的形象，在我们中国的音乐厅里也不难找到，听众们互不干扰，各自以自己的方式陶醉于音乐，有的双目微阖，有的垂首沉思，有的用手指轻轻点着面颊，有的浑身随音乐颤抖着……其中有一位听众，我一直无法忘记。

那是七年前的一个秋夜，我去听一场交响音乐会。演奏的曲目中有里姆斯基-科萨科夫的交响诗《天方夜谭》。当时，世界名曲刚刚被"解放"，饥渴已久的音乐爱好者们蜂拥在音乐厅门口，手中有一张入场券的人无不喜形于色。场子里座无虚席，听众们静静地期待着开场。我坐在第三排居中的座位，舞台上的情景一目了然。听众席灯光暗下来，乐手们已经在台上各就各位，校音的器乐声也已经消失。只要指挥一出场，音乐马上就会潮水一般涌起。然而我身边的一个座位竟然还空着！一丝微微的不快从我的心头掠过。音乐会上迟到的观众是令人讨厌的，等音乐响起来后，他将磕磕碰碰地从我的面前挤过去，把座位弄得噼啪作响，多扫兴！

他几乎和指挥同时上场。当指挥在哗哗的掌声中风度翩翩地从台侧走出来时，他才急匆匆地挤进来入座。从我身边走过时，似乎有一股热烘烘的汗味飘来。一只尼龙丝网袋，不轻不重在我的肩膀上撞了一下。"对不起。"他低声打了一个招呼，悄悄坐了下来。我侧过脸去，借着舞台上的灯光迅疾地扫了他一眼，他的形象使我吃了一惊。这是一个壮实的中年人，肤色黝黑粗糙，穿一身打过补丁的旧工作服，看样子像刚刚下班的干重体力活的工人，如码头装卸工或者筑路工之类。在他膝盖上的尼龙丝网袋里，装着一个筒形饭盒。

我心里有些纳闷。他莫不是走错了门？在这个音乐厅里，大概再也找不出第二个像他这样的听众，所有的人都是衣冠整洁，文质彬彬。我当然无法问他，他也不可能和我说什么，只有热烘烘的汗味一阵一阵飘来……

指挥举起了小小的指挥棒。《天方夜谭》的优美旋律开始在音乐厅里回荡，神话中的人物纷纷在音乐中忽隐忽现：勇敢英俊的王子，善良美丽的公主，历尽艰辛的水手，在风浪间出没的帆影……

我沉浸在音乐中，忘记了那位奇怪的邻座。突然，身边有一些轻微的声音传过来，使我不得不侧目。邻座的形象又使我愣了一愣——他身体前倾，眼睛灼灼发光，脸上是一种专注神往的表情。那粗短的手指和着音乐的节奏，轻轻叩击着膝盖上那个饭盒。更让人不可思议的是，他正在用一种低沉沙哑的声音，准确无误地和乐队一起吟唱着。他的吟唱极轻，就像一把低沉的大提琴，不引人注目地把自己优美的声音流汇到海浪一般起伏的乐曲中……

看不出来，还真是个熟悉音乐的！我不由得肃然起敬，并且为自己心里那种浅薄的偏见脸红了。即便真是个码头工人或者筑路工人，为什么就不能喜欢音乐呢！也许，为了赶这场音乐会，他一下班来不及换衣服就跑来了……

音乐会结束后，我的这位邻座提着饭盒急匆匆地走了，消失在人海中。人海茫茫，以后，我再也没有机会见到他。可是，只要坐到音乐厅里，我就很自然地会想起他。如果听到《天方夜谭》的旋律，他的形象便会清晰地在我的眼里重现：汗渍未干的工作服，黝黑的脸上露出专注神往的神情，粗而短的手指叩击着饭盒，还有他那沙哑优美的吟唱……有时候我似乎觉得他就像《天方夜谭》中的人物，闪烁着神秘的光彩。我也曾经运用我的想象力，对他的身份和经历作出种种猜测。在我的猜测里，他是一位受难中的知识分子，他把音乐当成了精神支柱……

我的记忆库藏中，《在天堂门口》这组照片早已不止四幅了。印象最深的一幅便是我的那位邻座。我想，假如把音乐的殿堂比作天堂的话，这天堂的大门是向所有人敞开着的，只要你向往它热爱它，它自然会将其中的美景毫无保留地奉献给你。人间的

129

世态炎凉和种种偏见无法污染神圣的音乐。有多少伟大的音乐家曾在穷困落魄中谱下不朽的乐章，这些乐章使听者的心灵燃起生和爱的火焰，无数后世的人们在这些乐章中得到无与伦比的欢乐。在美妙的音乐中，人们一遍一遍由衷地感叹：生活是多么美好，人生是多么美好，音乐家创造的天堂是多么美好！

莫扎特的造访

真正的天堂是没有的，所谓天堂，都是梦想幻想或者是人工营造的情境。我曾经在一篇文章里把美妙的音乐比作天堂的声音，听者沉浸在这美妙的音乐中，就好像走到了天堂门口。音乐会把你的灵魂带进人间看不到的神奇世界，其中风光的旖旎和色彩的丰繁，任你怎么夸张地描绘也不会过分。当然，并不是所有的音乐都可以把你引进天堂，音乐家也有烦躁不安的时候，当音乐家把他的烦躁不安化为旋律时，这样的旋律带给你的也可能是烦躁和不安。所以我不可能喜欢一个音乐家的所有作品，包括伟大的贝多芬。

但是，有一位音乐家例外，那便是莫扎特。莫扎特往往是漫不经心地站在我的面前，双手合抱在胸前，肩膀斜倚着一堵未经粉刷的砖墙，他微笑着凝视我们全家，把我们带进了他用光芒四射的音符建造的美妙天堂。

既然生活中有这样一个天堂，而且它离我们并不遥远，那么，为什么不经常到天堂里去游览一番呢，而且莫扎特无所不在。此刻，在我写这篇文章的时候，我家的音响中正播放着莫扎特的《第一钢琴协奏曲》。妻子在读一本画报，儿子在做功课，音乐对我们全家都没有妨碍，尤其是像莫扎特《第一钢琴协奏曲》这样的作品，我们三个人可以在音乐的伴奏下各自做自己的事情。

我曾经告诉儿子，莫扎特写这部作品的时候，大概是 6 岁。儿子睁大了眼睛，惊奇地问："真的？他是天才？"

"是的，是天才，他是上天派到人间传播美妙音乐的天才。"我这样回答儿子。

6 岁的莫扎特，心里没有任何阴霾，没有忧伤和恐惧，只有对未来的幻想和憧憬，一切都明丽而鲜亮，莫扎特把童年时代的梦幻都倾吐在他的音乐中了。这样的音乐在客厅里悠悠地回荡，从钢琴上蹦跳出的音符，轻盈而圆润，犹如一滴滴清澈透明的雨珠，从冥冥的天空中落下来，在宁静的空气中闪烁飘荡，你看不见它们，接不住它们，却真切而优美地感觉到它们的存在，感觉到它们在轻轻地拨动你的心弦。美妙的旋律，仿佛是春天的微风从草地上拂过，闭上眼睛你就可以看见那些在微风中颤动的野花，还有在花瓣上滚动的露珠，小小的蝴蝶扇动着它们的彩色翅膀，从这片草叶上，飞到那片草叶上，终于在一朵金黄色的小花上停下来，微微喘息着，让湿润的风吹拂那对美丽的翅膀……

我问儿子，在莫扎特《第一钢琴协奏曲》的旋律中想到了什么，儿子说："看见一个金头发的孩子在弹琴，他坐在花园里，身边有很大的喷泉，喷出银色的水花，漫天飞舞。"妻子说："我看见一条小溪在绿色的山坡上流淌，小溪里都是五彩的石头。"儿子笑着总结："有喷泉，也有小溪，还有春天下雨时在树林里听到的声音。"

说完话，我们仍然自己做自己的事情，除了音乐，家里没有其他声音，然而世界上一切美丽的音响都在我们小小的家中回荡……有莫扎特的音乐陪伴着，家里是多么安静多么美好，在阴郁的天气里我们也能感受到阳光灿烂的情调。

当然，莫扎特绝不像有的人说的那样，他的旋律中永远是欢乐和愉悦，仿佛除了欢乐，他没有其他情绪。这怎么可能！莫扎特毕竟不是不食人间烟火的神仙，生活的艰辛和人生的磨难不可避免地也会出现在他的音乐中，只是他从不号啕悲叹，他永远用优美的声音来表达自己的感情，即便这感情充满了忧郁和哀伤。有一次，听莫扎特的《施塔德勒五重奏》，一支安闲而出神入化的单簧管，在几把提琴的簇拥下，如泣如诉地吹出委婉迷人的旋律。这是莫扎特晚年的作品。儿子评论说："这段音乐，好像有点伤心。"是的，孩子，你听出来了，是有些伤感。虽然和他的其他作品一样优美，但那种无可奈何的伤感情不自禁地从那些优美的旋律中流露出来。和他的《第一钢琴协奏曲》相比，这是完全不同的情绪，前者是孩童对世界美妙的期待，后者是一位饱经沧桑的艺术家发自心灵的叹息。都是莫扎特，都是那么清澈纯净，但反差是如此之大。这就是人生的印记，谁也无法超越它们。

"他为什么要写这首曲子？"儿子问我。我告诉他，有一个吹单簧管的音乐家，名字叫施塔德勒，是莫扎特的好朋友，莫扎特写这部作品，就是送给施塔德勒的。这是对友情的怀念和歌颂。"哦，莫扎特在想念他的朋友。"儿子自言自语。

人间的友情，难道就是这样蕴涵着深深的忧伤？

单簧管如同一个步履蹒跚的旅人，尽管疲倦劳顿，却依然保持着优雅的姿态。提琴们犹如一群白衣少女，在他身后翩翩起舞，少女们追随着他，他却只顾往前走，不紧不慢，和少女们保持着小小的距离，他们的脚步声汇合成和谐沉稳的节奏……在寒冷、饥饿的窘迫中，真挚高贵的友情是怎样一种色彩呢？我在单簧管优雅而踉跄的步履中闭上眼睛，我看见了那个吹单簧管的音乐家，他忘情地吹着，陶醉在一颗高贵的心赠予他的友情的歌声里，温暖的烛光随着音乐的旋律在他的脸上晃动。烛光照射的范围是那么狭窄，听众们都在不远的黑暗之中。黑暗中，莫扎特站在人群的后面，他正像我想象的那样，斜倚在墙上，默默地听他的朋友把涌动在他心中的音符一节又一节地表达出来。在音乐的光芒中，他苍白的脸色显得那么怆然，他的眼睛里闪烁着晶莹的泪珠……美好的音乐并不能改变惨淡的人生，然而它们却把无数奇妙的瞬间留在了能听懂这些音乐的灵魂中。哦，莫扎特，你的欢乐和忧伤都是人心中至美的诗篇，喧嚣的噪声永远无法淹没它们。在你的诗篇笼罩下，人心是可以沟通的，不管你是年老还是年轻，不管你说的是何种语言。

儿子刚生下来时，我就让他听音乐，我从我并不丰富的音乐录音带中挑选了半天，选出的是莫扎特的一组钢琴曲。妻子说："行吗？给他听这样的音乐？"我说："为什么不行？莫扎特不是深不可测，难以接近的。你怀孕的时候，不是也常常听这样的音乐吗？儿子在你的肚子里时，已经听过了，他不会感到陌生。"妻子笑了。当时根本没有什么高级的音响设备，一个很简单的匣式录音机，放在摇篮边，把音量开得很轻。音乐就这样在出生不久的儿子耳边响起来。一个遥远的外国人，用亲切的口气，向我们的婴儿描绘着他的仙境一般的梦幻……儿子安安静静地听着，眼睛睁得很大，望着天空，似乎想在空中找到那美妙旋律的影子。最有意思的是，每当他哭闹时，只要打开录音机，让莫扎特的旋律在他耳边响起来，他立即就会停止啼哭，变得十分安静。他的小手舞蹈般在空中挥动着，仿佛是想抓住飘荡在他耳边的那些奇妙的声音。他常常是听着音乐安然入睡，莫扎特在轻轻地为他催眠……在蒙昧混沌的世界中，有这样的音乐渗入心灵，会怎么样呢，音乐会不会像种子，落在尚未耕耘过的心田中，悄悄地发芽长叶，开出清馨典雅的花朵？

我告诉儿子，莫扎特离开人世时，两袖清风，一无所有，他甚至没有为自己留下买一口棺材的钱。在风雪中，他被不认识的人埋葬在谁也不知道的地方。人们甚至无法在他的墓地上献上一朵小花。

"他为什么那么穷？"儿子的目光里饱含着困惑和不平。

"因为那时音乐不值钱。"我的回答无奈而黯然。

这时，我们的耳边充满了莫扎特的音乐，是他的最后一部交响乐《第四十交响曲》。那是蓝色的海水，平静地冲洗着沙滩，那是人心和天籁的融合，是超越时空的预言，是不死的灵魂在呼吸，天地间回响着那永恒的潮汐，无穷无尽……

"钱算什么！"儿子突然喊道，"钱会烂掉，音乐活在人的心里！"

我和妻子相视一笑。在音乐的流水声中，我们狭小的屋子变得无比宽阔，所有的墙壁都消失了，可以看到最遥远的风景。莫扎特像一个目光平和的天使，在我们的前方翩翩地飘行。我们幻想中所有美丽的地方，他都能引导我们抵达……

野蜂飞舞

里姆斯基-科萨科夫是我非常喜欢的一位俄罗斯作曲家。在中国，人们最熟悉的曲目，大概是他的交响诗《天方夜谭》。国内的交响乐团常常演奏这部作品，确实是优美绝伦、出神入化，能把人引入神话，引入仙境。然而在我的脑海里，除了《天方夜谭》，还有他写的一首很特别的曲子 *The Fight of the Bumble Bee*，直译的意思应该是"野蜂的搏斗"。这是一首用小提琴演奏的速度极快的曲子，作曲家用使人眼花缭乱的旋律，把野蜂振动着翅膀在天空中旋舞追逐的景象描述得活灵活现。音乐描绘两群野蜂的搏斗，而且只用一把小提琴表现，实在是妙不可言。现在人们把它译成《野蜂飞舞》，把"搏斗"改成"飞舞"，改得有诗意。我小时候听过一张《野蜂飞舞》的唱片，唱片上的外文我看不懂，也不知是哪位小提琴大师的演奏的，但是我却从音乐中想象到了蜂群的飞旋。我当时猜那是蜜蜂，后来有一位教师看着唱片告诉我，文字上写的是野蜂。蜜蜂和野蜂，飞舞时的景象我想大概差不多。

少年时代，我也拉过小提琴，水平当然很幼稚。《野蜂飞舞》这样的曲子，不要说在琴弦上拉，就连哼出来也难。我曾经能哼出所有我喜欢的音乐，唯独这《野蜂飞舞》，我怎么也哼不出来，就像我无法模仿蜂群飞舞的声音一样。然而那欢快的旋律我是那么熟悉，闭上眼睛，它们就在我耳边嗡嗡作响，仿佛有一大群蜂儿在我周围飞舞。

后来到崇明岛插队落户，有一年在岛东端的"东望沙"参加围垦。我和无数农民一起，用扁担在海滩上挑出一道长堤，把海水挡在了堤外。然而围进来的海滩是盐碱地，无法种庄稼，只有稀疏的芦苇和茂盛的盐碱草在白花花的土地上繁衍。要改造盐碱地，先得放水养鱼，冲淡土地中的盐和碱。那年冬天，我留在"东望沙"看守鱼塘，留下来的还有几位老人。那是一些孤独寂寞的日子，一个人走在荒凉的海滩上，耳边只有凄厉的风声。到了春天，海滩上的盐碱草竟然开出星星点点的小花，那些雪青色的花朵是我记忆中最美的花，它们在荒凉的日子里把春天送回到我的身边。一天早晨，我走在鱼塘边，耳边忽然响起一阵熟悉而又亲切的声音，是一大群蜜蜂旋舞着从我身边掠过，向那花开烂漫的盐碱草丛飞去。哪里有花，哪里就有蜜蜂的踪迹，它们是采蜜来了。而在发现蜜蜂的瞬间，我脑海里马上就涌起《野蜂飞舞》的旋律，这旋律在蜂群的伴奏下，变得比从前更清晰更形象，我追随着春风，追随着飞舞的蜂群，全部的身心都被突然重现的音乐包围。当时那种美妙愉悦的感觉，用文字难以表达。

下乡"插队"的日子里，我根本无法听到音乐，我曾经以为，那些曾使我痴迷的旋律将永远离我而去，然而事实证明这绝不可能。生命没有中断，生活没有结束，音乐就不会从记忆中消失，没有一种记忆会比音乐的记忆更深刻更恒久。就像那些盐碱草，不管环境如何严酷，只要春风吹来，它们就会烂漫地开花。

钻石和雪花

　　大概是在 24 年前，一个阴雨的夜晚，在一间没有窗户的小黑屋里，我打开一台老式电唱机，小心翼翼地将一张旧唱片放入唱机，然后屏住呼吸，等待着音乐出现。在一阵金属唱针和胶木的嘶嘶摩擦声之后，突然响起了沉重的鼓声。虽然我不敢将音量放大，但那鼓声还是使我感到惊心动魄，它们犹如痛苦的呐喊，也像一个巨人的脚步声，缓缓地，一声一声轰鸣着向我逼近……很快，雄浑的鼓声便被优美的弦乐淹没，接下来展开的乐章一段又一段攫住了我的心，它们带我上天入地，带我穿过雷声隆隆的雨幕，

144

越过峻岭和幽谷，把我引向我从未到达过的奇妙境界。起初，我觉得这非常像贝多芬的交响曲，然而不是，这是勃拉姆斯的《C小调第一交响曲》。那一夜，是我第一次听到勃拉姆斯的音乐，也是第一次知道勃拉姆斯这个名字。他在阴雨绵绵之中推开了我的门窗，使我知道，在这个世界上，还有和贝多芬的作品一样雄浑博大的音乐。

此后，我一直设法寻觅勃拉姆斯的音乐，然而说起来可怜，在二十多年前，要在中国找一张勃拉姆斯的唱片，竟难如登天。一直到20世纪80年代，我才陆陆续续听到了一些勃拉姆斯的作品，譬如他的《摇篮曲》《海顿主题变奏曲》《D大调小提琴协奏曲》《第二钢琴协奏曲》《B小调单簧管五重奏》《德意志安魂曲》等。这些作品都使我感动，它们不时使我联想起贝多芬，联想起巴赫，联想起莫扎特，联想起和他同时代的音乐大师，然而他显然又不同于他人。他不像贝多芬总是那样激情磅礴，不像巴赫总是那样沉稳庄重，也不像莫扎特，把世间的一切都转化成优美的旋律。他的音乐中，有一种欲言又止的惆怅，有一种深藏不露的忧郁，有一种隐隐约约的哀怨，这些情绪，仿佛清波下的暗涌，使奔腾的流水变得深不可测。我喜欢凝视倾听这样的流水，在它们的涛声里，我的眼前浮现出关于勃拉姆斯的动人的故事，这故事，正是那些暗涌的源头……

1853 年 9 月 30 日，20 岁的勃拉姆斯在小提琴家约阿辛的陪同下去拜访舒曼。舒曼当时的名声如日中天，他是成就卓著的作曲家，也是权威的音乐评论家。舒曼的妻子克拉拉，是名扬欧洲的钢琴家。生性内向腼腆的勃拉姆斯敬仰他们，却一直没有勇气去拜访他们。他曾经将自己谱写的钢琴曲寄给舒曼，不知什么原因，被原封不动地退了回来，这使他感到自己和舒曼之间的距离遥远。如果不是好友约阿辛的怂恿和鼓励，他可能永远不会踏进舒曼的家门。这次拜访，成为勃拉姆斯一生的转折点。舒曼见到勃拉姆斯，一点也没有摆架子。还没说几句话，舒曼立即将他带到钢琴前，让他弹奏他自己作的钢琴曲《C大调奏鸣曲》。勃拉姆斯才弹了几节，舒曼眼睛一亮，示意他停止，接着大声喊："克拉拉，你必须来听一听！"于是，克拉拉也来到了客厅里。在勃拉姆斯眼里，美丽的克拉拉翩翩如天仙，克拉拉的微笑，使他的心灵如受电击。这一瞬间的融洽感，将发展为长达四十余年的情谊，成为人类情感史上难得的一页。那天，舒曼家的客厅里回旋着勃拉姆斯的琴声，在琴声里，舒曼和克拉拉都看到了一个伟大的音乐家的影子，他们感到他的钢琴曲如同"蒙着面纱的交响乐"，他们为此激动不已。勃拉姆斯弹奏时，克拉拉一直默默地注视着他，她的温和的微笑使勃拉姆斯如沐春风。

　　克拉拉后来在日记中这样记载："他为我们演奏他自己写的奏鸣曲、诙谐曲和其他一些曲子，这些乐曲表现出丰富的想象力、深厚的感情和对曲式的驾驭能力。罗伯特（即舒曼）说，实在无法说出还要增减什么。看见他坐在钢琴前，的确令人感动！他有一张令人感兴趣的年轻面孔。当他演奏时，这张面孔显得美极了。他有一双漂亮的手，这双手克服了最大的困难……他为我们进行的演奏是那么炉火纯青，让人感觉他是上天特别定做的。他有远大的前程，因为一旦他开始作管弦乐曲，他将为他的天赋找到第一个真实的创作领域。"

而舒曼，那天在日记上只记了一句话："勃拉姆斯来看我，他是一个天才。"

此后，舒曼便不遗余力地推荐介绍勃拉姆斯。他们见面的一个月后，舒曼在他主编的《新音乐杂志》上写了一篇题为《新的道路》的社论，高度评价了勃拉姆斯的才华，使勃拉姆斯的作品开始被德国音乐界广泛关注。舒曼在他的文章中这样说："他的突然来临，是由上帝选来代表这个时代最崇高的精神。"而克拉拉则开始在她演出中激情洋溢地弹奏勃拉姆斯的作品。对勃拉姆斯的每一部新作，她都会坦率诚挚地提出自己的看法。勃拉姆斯成为舒曼家庭的最亲密的朋友。勃拉姆斯深深地爱上了年长他 13 岁的克拉拉，然而他敬重舒曼，他不愿意伤害恩师，只是把那份恋情深藏在心。勃拉姆斯拜访舒曼的第二年，舒曼因精神病住进了医院，为防止病情恶化，医生禁止克拉拉去医院探望。带着 6 个孩子的克拉拉坠入痛苦艰难的深渊。这时，勃拉姆斯来到舒曼家，他安慰克拉拉，代她去医院探望舒曼。在克拉拉出门演出时，他为她照顾年幼的孩子们，成为孩子们亲切的"玩伴"。那两年中，勃拉姆斯的爱和帮助对克拉拉来说几乎意味着一切。后来，克拉拉曾经这样向她的儿女们解释她和勃拉姆斯之间的关系："不管一个人有多么不快乐，上帝都会将他的慈爱传达给每一个人，我们必须为这样的事实而庆幸。虽然我拥有你们，但那时候你们太小，很难了解你们亲爱的父亲，而且也因为太年幼难以体验任何巨大的悲痛。在那痛苦的数年中，你们无法给予我任何安慰。虽然拥有希望，但在那时候单单依靠希望要活下去是很不容易的。后来勃拉姆斯出现了。你们的父亲爱他、尊重他胜过这世界上任何一个男人。他以一个忠实的朋友的身份来分担我的不幸。他使我伤痛的心变得坚强，让我振作精神，而且尽他所能来抚慰我的心灵。事实上，他是位不折不扣的朋友，而且是我唯一的支柱。"1856年7月29日，舒曼逝世。在送葬的行列中，勃拉姆斯和舒曼的几个最亲密的朋友一起，抬着舒曼的灵柩走向墓地。舒曼逝世后，勃拉姆斯不能再待在克拉拉家里，传统世俗的目光犹如利剑，从四面八方向他们两人射来。勃拉姆斯离开时，克拉拉送他去火车站。那天，克拉拉心烦意乱，她在日记里写道："这简直是另一个葬礼。"

然而勃拉姆斯和克拉拉的情谊远远没有结束，而是刚刚开始。舒曼逝世后，勃拉姆斯始终是克拉拉最忠诚的朋友，在她困苦的时候，勃拉姆斯总是出现在她的身边，给她帮助和安慰。也许，正是因为勃拉姆斯太珍惜他对克拉拉的爱情，他才那样将爱深藏在心，只是以一个朋友的身份出现，无微不至地给她帮助和安慰。

舒曼去世后，勃拉姆斯本可以向克拉拉倾吐爱情，向她求婚，然而他保持着沉默。他知道克拉拉依然念念不忘舒曼，在克拉拉写给勃拉姆斯的每一封信中，她都提及她和舒曼的婚姻，这是一种直接的提醒，也是一种婉转的拒绝。实际上，在克拉拉的后半生中，没有什么比勃拉姆斯的关心和爱更重要了。在两种不同的传记文字中，我看到两种不同的说法。一种说法是，克拉拉曾写过很多流露出深情的信给勃拉姆斯，但都没有寄出；另一种说法是，勃拉姆斯曾写过不少向克拉拉求爱的信，但是全都撕了。我不知道这两种说法哪种更准确，但是它们告诉我这样一个事实：这两个相爱的音乐家，却无法逾越横隔在两人之间的障碍，他们都压抑着心中的爱情。他们互相思念着，互相守望着，在爱情的根基上，成长出的是友谊的绿荫。我看过法朗克·迪克西的油画《和谐》，表现的便是勃拉姆斯和克拉拉之间的情谊。画面上，克拉拉沉浸在音乐里，她在弹琴，她的双手在琴键上跳动，目光却眺望着远方。年轻的勃拉姆斯坐在钢琴边，他的右臂倚在钢琴上，手掌托着脸颊，他凝视着克拉拉的眼睛，目光里流露出来的是爱慕和崇拜，还有深深的哀愁。从窗外射入的一脉阳光，把他们两人笼罩在温暖的金色之中……这两个音乐家之间这种不开花也不结果的爱情，并没有妨碍他们对艺术的共同追求。勃拉姆斯当时便被人们认为是贝多芬的传人，然而在贝多芬的光芒中，勃拉姆斯有着沉重的负担，他曾经这样对人说："你完全不能理解听到巨人的脚步声时，是什么样的感受。"这"巨人的脚步声"，便是指贝多芬的交响曲。他的《D小调第一交响曲》写得极其艰难，先后竟花了 23 年，在世界音乐史上，也许绝无仅有。

《D小调第一交响曲》，是在克拉拉的关注和鼓励下写成的。克拉拉曾在一封信中启发他："暴风雨的天空可以孕育一部交响曲。"而勃拉姆斯给她的回信，就是《D小调第一交响曲》的第一乐章，那由沉重的雷声引发出的美妙绝伦的旋律。他把交响曲的每一部分曲谱都寄给克拉拉，让她体会他心中的激情，请她对作品提意见。交响曲的最后一个乐章中，有一段美妙的法国号独奏，旋律来自阿尔卑斯山的民谣，民谣的歌词是："在高高的山巅上，在深深的幽谷中，我千万次向您致意。"克拉拉收到勃拉姆斯的这部分乐谱时，禁不住热泪沾襟……《D小调第一交响曲》问世后，引起巨大的反响，有人觉得这简直是贝多芬的《第十交响曲》，然而勃拉姆斯又显然不同于贝多芬，没有人能否认他成功的创造。有人评论，这部交响曲，为勃拉姆斯的声誉奠定了不朽的基石。而人们并不知道，这部不同凡响的交响曲，和克拉拉有着千丝万缕的关系。

舒曼逝世后，克拉拉守寡40年，始终未嫁人。而勃拉姆斯，则终身未娶，至死孑然一身。克拉拉去世时，勃拉姆斯不在她身边，他从远方赶回来时，克拉拉已经下葬。勃拉姆斯一个人来到克拉拉的墓地，颓然坐在她的墓穴边，泪水沿着他苍老的脸颊，沿着他灰白的胡须，滴落在松软的墓地上……一年后，勃拉姆斯也与世长辞。这是人间的悲剧，也是两个高尚灵魂为世界留下的一首优美凄楚的长诗。这样的感情，大概会使很多视爱情如儿戏的现代人难以理解，但你怎能不对他们的这种感情由衷地产生敬意呢？

了解勃拉姆斯和克拉拉之间的故事后，再听勃拉姆斯的音乐时，便仿佛能听出很多弦外之音来。其实，勃拉姆斯并没有压抑自己的情感，他用音乐宣泄了自己对克拉拉的爱，他把那种刻骨铭心却又无望的爱情，全都用音乐倾吐了出来，那种惆怅，那种忧郁，那种哀怨，那种发自灵魂的呼唤，曾经拨动了多少热爱音乐、向往爱情的人的心弦。

最近，我常常听勃拉姆斯的《E小调第四交响曲》，这是他写的最后一部交响曲。指挥家克雷伯指挥维也纳爱乐乐团将这部交响曲诠释得无比精美。我觉得这部作品是勃拉姆斯对自己一生的回顾，优美忧伤的旋律，从头至尾回荡着无可奈何的叹息。勃拉姆斯的好友、小提琴家约阿辛曾这样描述勃拉姆斯，说他像"钻石般纯真，雪花般柔软"。这样的描述，不仅是对他的人格，也是对他的音乐。在勃拉姆斯的音乐中，回荡着深沉挚切的赤子之心，倾诉着对爱情的渴望。在钻石般透明澄澈的天空中，飞扬着晶莹柔软的雪花。

第四辑

美将留下来

远去的巴黎

　　宽阔的蒙马特大街上车水马龙，绿荫覆盖的法兰西剧院广场上人流汹涌，阳光、雪色、雨雾……

　　因为毕沙罗的精心描绘，我们今天仍能看到 19 世纪巴黎的街景。在那些缤纷炫目的画面中，仿佛能听见当年的车鸣马啸，人声喧嚷，能感受前两个世纪巴黎的生活气息。一百多年前，巴黎作为欧洲的大都市，已经以它的繁华多彩吸引了全世界的目光。毕沙罗的艺术生涯，也起始于巴黎。1855 年，世界博览会在巴黎举行，在这个世界博览会上，有规模庞大的世界美术展览。对美术家来说，这是前所未有的盛事。

英国皇后和法国皇帝一起参观了这个堂皇的展览会。拿破仑三世声言，这个国际盛会是有助于"使欧洲成为一个大家庭的重要纽带"。

毕沙罗本不是法国人，他的家乡是一个多岩石的小岛，名叫圣托马斯岛，地处波多黎各附近属于丹麦的西印度群岛。他的父亲是个商人，在家乡开一家杂货铺，他的家庭虽谈不上豪富，却也算个殷实富足之家。少年时代，毕沙罗曾去巴黎读过几年书，对那个繁华都市留下深刻的印象，尤其是巴黎艺术界活跃的空气，使他心驰神往，当画家是他的志愿，但生活却使他绕了一个大圈子。在巴黎完成学业后，他又回到家乡，在他父亲的杂货铺里当店员。他的父母不允许他放弃工作致力于绘画，一心想让他子承父业，成为一个精明能干的杂货铺店主。这样，绘画就成了毕沙罗业余的"地下活动"，每逢他被派到港口去接收运到的货物，他便随身带着速写本，在码头上，他一边登记货物，一边画速写。他在日常的打杂工作和他的专业之间，在理想和现实之间苦苦争斗了五年，终于忍无可忍。一天，他在桌子上留下一张给父母的便条后，和他在港口写生时结识的一个画家朋友一起离家出走，去了委内瑞拉的卡拉卡斯。毕沙罗的父母还是明事理的，他们明白，儿子的才能不属于这家小小的杂货铺，扼杀他的理想，会使他的生命枯萎。他们终于与儿子和解，同意了他的选择。但毕沙罗的父亲认为，要是真想做一个艺术家的话，最好去法国，到一个名画家的画室去学习。这样，在 25 岁的时候，毕沙罗又到了巴黎，那是 1855 年，他正好赶上了盛大的世界博览会，看到了那次史无前例的大画展。面对着德拉克洛瓦、安格尔、库尔贝、柯罗和无数在当时享有盛名的画家的作品，他流连忘返。而更使毕沙罗着迷的，是当时巴黎极其活跃的艺术氛围，艺术家可以在那里大胆地想象和创造，施展自己的才华。就在和毕沙罗初涉巴黎画坛差不多的时候，莫奈、雷诺阿、塞尚、西斯莱和德加等和他同样年轻的画家也在寻找着属于自己的艺术天地，他们将一起开创美术史上的一个新纪元。

我没有看过毕沙罗所有的作品，也不了解他绘画风格的变化过程。当时，在巴黎正进行着古典主义和浪漫主义的激烈论争，双方领衔的代表人物分别是安格尔和德拉克洛瓦。毕沙罗一定在两者之间徘徊游移过，然而毫无疑问，最后他倾向了德拉克洛瓦。1874年3月25日，巴黎的一批年轻画家举行了一个自由组合的画展，这个日子，被很多人看作印象主义画派的创始日。在这个画展中，有毕沙罗的5幅风景画，也有莫奈、雷诺阿、德加、塞尚等人的画，莫奈的《日出·印象》就出现在这个画展上。这个画展，在当时曾受到很多人的嘲笑，"印象主义"也曾经是一个讽刺的名词，"印象主义"画派的名称也由此而来。然而随着时间的推移，他们的作品逐渐被人们接受，而且受到越来越多的人赞赏。真正的艺术，任何力量也无法扼杀它的生命力。而由埃尔米塔什博物馆收藏的毕沙罗的很多油画，都画在这个画展之后，他的绘画风格在那个画展之后继续发展，形成了属于他自己的独特风格。他喜欢巴黎，喜欢这个接纳他并且让他飞向艺术天空的都市。也是作为一种回报，他不断地用自己的画笔描绘这座城市的四时风光，巴黎的建筑、街道、人群是他经常描绘的对象。

毕沙罗描绘巴黎的油画，喜欢用俯瞰的视角，楼房、街道、车马、人群、树木，在他居高临下的注视之下一览无遗。譬如那幅《法兰西剧院广场》，我们可以看到春日的阳光是怎样在树冠顶上闪动，可以看到站在马车上的乘客们的头顶。画面有些朦胧，使我产生的想象是，画家正坐在徐徐升空的热气球上，在摇晃的篮筐里俯瞰着逐渐远去的城市。

往事远去，逝去的时光不可能回还。还好艺术不会随岁月消逝。面对着毕沙罗留下的画，我们可以回到当年的巴黎，想象那批年轻的画家是如何面对着人们的嘲笑和讽刺，勇敢地、义无反顾地走出一条艺术创新之路。

美将留下来

在世界绘画史上，雷诺阿可以说是一个多姿多彩的人物。他和莫奈、西斯莱曾经同在一个学院派画家的画室里学画，但他们后来都摒弃了学院派的画风，成为印象主义画派的领军人物。印象主义画派的画家中，雷诺阿是很特殊的一位。很多印象派的作品画面朦胧斑斓、模糊不清，物体的形象夸张变形，这样的风格，曾经受人嘲笑，但后来却成为一种时髦。而雷诺阿在印象派画家中卓尔不群，始终保持着自己的独特风格。他的绘画题材大多为人物，描绘的对象绝大多数是妇女和孩子。画中的人物形象并不变形，也不模糊，他总是让人物处在光明之中，那些妇女和孩子的表情开朗愉悦，头发在耀眼的阳光中透明如金丝玉帛。雷诺阿在创作时拒绝表现邪恶、暴力和丑陋，他描绘的人物，仿佛是光明和美丽的化身。

埃尔米塔什博物馆中收藏着很多雷诺阿的作品，《拿鞭子的女孩》是其中广为人知的一幅。画面上，一个女孩站在花坛前，亚麻色的头发披在肩上，一对黑色的大眼睛清澈如水，她的目光中带着一种询问，天真和稚气的神态使人爱怜。这是一幅充满阳光的画，女孩的脸上、身上，女孩身后的花坛，都在灿烂的光芒笼罩之中，女孩站立的那片土地，也是一片明丽的亮色。女孩纯真无邪的明朗表情，已经成为一种美好的象征。

雷诺阿的画常常使我联想起莫扎特。莫扎特的音乐一直保持着他的优美，即便在表现痛苦和忧伤时，他的旋律依然优雅悦耳。雷诺阿和莫扎特一样，生活的境遇并不顺利，常常与贫病为伴，但这并没有使他停止追求美的脚步。光明和欢乐，是他绘画中永不改变的主题。曾经有不少批评家认为雷诺阿的绘画题材过于狭隘，缺乏深刻的社会意义。但随着岁月的流逝，不少自认为深刻的画家逐渐被人遗忘，而雷诺阿的作品却一直受到热爱艺术的人们的喜欢。这使我想起了雷诺阿说过的一句话："痛苦会过去，美将留下来。"

灵魂的故乡

　　高更是画家中的传奇人物。离开繁华和喧嚣，到远离都市的海岛上寻找激情，寻找灵感，寻找爱情和幸福，他走的是和别人完全不同的道路。当时也许有很多人不屑于他的举动，甚至有人认为他的脑子出了毛病。但是后人看着他那些与他同时代画家完全不同的作品，不得不钦佩他作为艺术家的独特眼光和珍贵个性。我相信，和他同时代的很多人也一样会敬佩他。埃尔米塔什博物馆收藏他的作品，当然是因为觉得他的作品完全有资格和当时最有名的油画大师们比肩而立。

高更离开巴黎去塔希提岛，在当时确实是一件惊世骇俗的事情。也许，这也算得上是一种"时髦"，但追求这样的时髦却需要勇气和魄力。高更并不富裕，他去塔希提岛，是在朋友的帮助下拍卖了他的很多油画，筹得一笔钱，然后背起画箱踏上旅途，他想"快乐地、安谧地、艺术地"生活在那个阳光明媚的岛上，相信陌生的土地和人群会激发自己的创作激情和灵感。他的理论是："遥远的、野蛮的源泉能充实我，并使我得到在巴黎永远也无法得到的救助。"他追求的是一种"形式的简单化和思想的复杂化"。对他远行的决定，连他的朋友们也不理解，雷诺阿就感到困惑不解，他说："一个画家住在巴黎就可以画得很好，有必要走得那么远吗？"毕沙罗也不相信高更这样做会有什么好结果。而莫奈则坦白地表露了对高更的漠视。只有善良的德加，对高更的举动表示了理解，在高更为筹集旅资而举行的拍卖会上，他买了高更的好几幅画以示支援。

　　塔西提岛上的女人们毫无顾忌地在高更面前裸露出被阳光晒黑的身体，她们的黑眼睛清澈如水，她们的举止神态和身边的土地、树林、海滩一样自然。对于看惯了宫廷和都市的缤纷奢华，看惯了珠光宝气的眼睛，这样的浑然天成的画面却显得惊世骇俗。

　　塔希提岛和巴黎是完全不同的两个世界，一个是天然无饰的原始天地，一个是物欲横流的繁华之都。在巴黎曾经给很多人留下冷漠印象的高更，在这里完全变成了另外一个人。他的眼里，充满了大自然最辉煌的色彩，金黄的阳光，金黄的土地，连人们的肌肤也是金黄色的，在巴黎的压抑和心头的阴翳在这一片耀眼的金黄中一扫而光。他也找到了心爱的女人，在简陋的屋子里，却有温馨的气氛和富有诗意的情调。高更在塔希提岛上尽情地描绘他的所见所思和所爱，那些和阳光土地融为一体的人物，健康、强壮、坦诚，散发着生命的魅力。他的画风因此而大变。

　　在埃尔米塔什博物馆的藏画中，有高更的《山脚下》，这也是他画于塔希提岛的作品。在这幅画中，我们可以感受到画家心中的激情。作品的基调是红色，花一样的红，火一样的红，血一样的红。画面前方那一片红色，无疑是画中最耀眼的亮点，这片红色只不过是一片普通的草地。为什么画家会把绿草画成红色呢？难道他是红绿色盲？当然不是。高更对南国的阳光感受实在太强烈，这是一片袒露在阳光下的草地，每一片草叶都承受着、反射着灼人的光芒，高更为了突出太阳的光芒，夸张地把草地画成了醒目刺眼的红色，似乎是匪夷所思，却让人看而难忘，会发出这样的惊叹：世界上，难道会有这样的草地？其实，这是画家把自己的想象和情绪化成了色彩，尽管这色彩和他实际所见相去甚远，但那情感却是真实的，那是大自然带给他的激情。草地尽头的那棵大树，也画得非同一般，受阳光照射的那一部分，如同一把火炬耸立在天地之间，这和树冠的阴面，形成了强烈的对比。而远处的山坡在阳光的直射下，如同暗红色的岩浆，在天地间流淌。在这火一样的画面上，我们也可以看到活动的人物。两个村民各自朝相反的方向走着，一人光着上身骑着马，一看便知他是岛上的居民，而另一个人物则低着头，在小路上散步。有了这两个人作参照物，我们便可知道他们身边的热带乔木是多么巨大。这样的画，后来出现在巴黎的画展中，引起一片惊诧也是必然的。坐在巴黎那些阴暗的画室里，永远也画不出这样的画来。

埃尔米塔什博物馆收藏的《聚会》，也是高更在塔希提岛上创作的重要作品。画面上，6个姑娘席地而坐，她们似乎刚刚议论过一件耐人寻味的事情，正沉浸在想象之中。6个姑娘的坐姿各不相同，神态也不一样。大概因为边上有一个写生的画家，她们的脸上还带着几分羞涩。有意思的是背对画面的那位，一个人低头抿嘴而笑，正忍着不让自己笑出声音来。面对这样的画面，我想象着当时的景象，这些生性自由不羁的姑娘，在经历了沉思默想之后，也许会爆发出一阵大笑。而首先笑出声来的，当然是背对画面的那位姑娘。这幅画的基调，也是阳光的颜色，画面上方的那片金黄，以及充满画面的土地的棕色，还有碧绿的草地，阔大的树叶间那些金红色的浆果，无不让人感受到生命的蓬勃活力。

埃尔米塔什博物馆中还有高更的不少作品，如《神奇的来源》《大溪的生活》《手中持花的女人》，描绘的都是塔希提岛上的生活，画面上阳光明媚，塔希提岛上的生活诗一般展现在人们的面前。我发现，高更笔下的塔希提岛上的女性神态都显得安详悠闲，虽然生活在很原始的状态，但她们的身上却散发出一种优雅和宁静。这样的画，也是一种心情的流露。如果整日沉浸在焦灼、烦躁的情绪中，能画出这些画吗？

1903 年 5 月 8 日，高更孤独地在大洋洲的一个孤岛上走完了他的人生之路，他没有为自己的选择后悔，他也确实没有理由后悔，因为，在那些阳光灿烂的岛上，他不仅尝到了爱情的浆果，也寻到了艺术的真谛。在那间小屋门口，刻着"快乐之家"，是高更自己刻的。我看到有人这样议论高更："对于客死他乡的高更，究竟哪里是他的故乡呢？巴黎？塔希提岛？多明尼克岛？是矣，非也。高更其实一生都在寻求他的灵魂故乡。或许他的故乡应该在他的画里面，在鲜艳的色彩和阳光的女人、男人之下，高更的黯淡和挣扎都变成了油彩。"这些话使我产生共鸣。一个艺术家，如果无法找到自己灵魂的故乡，那么，即便生前荣华富贵，身后大概也会寂寞寥落的。

燃烧生命

　　凡·高是不会死的，他活在他的色彩中，活在他描绘的风景里。在凄惨的境遇中，他在画布上喷泻着火一般的色彩。这是一种奋不顾身的激情。面对画布，他的孤独和愁苦便烟消云散，沉浸于灿烂遐想时，他的灵魂自由自在、奔放不羁，世界上没有任何力量能阻挡他在艺术的原野里走自己的路。凡·高像一支蜡烛，在黑暗中毫不吝惜地燃烧自己的生命，那一簇火光，永远地留在了世界的记忆中。

　　我读过《渴望生活》，凡·高的经历使我看到，一个与众不同的艺术家将会忍受怎么样的孤独。生不逢时，活着苦苦追求，疯狂地为艺术奋斗，却始终遭受冷落，一生默默无闻。如果回到一百多年前，走进巴黎蒙马特大街上的那家小画店里，凡·高的画被放在最不起眼的角落里，没有人对这些画感兴趣。你只要花一点点钱，便能买下他的全部作品。凡·高大概做梦也不会想到，一百多年以后，他的画每一幅都价值连城。而在生前，他几乎没有通过自己的绘画得到什么钱。这是一个近乎荒诞的故事。

埃尔米塔什博物馆收藏着凡·高画于他生命最后几年的作品。

《伊登花园的记忆》，有着梦幻的色彩，花园里有阳光小道，有烂漫的鲜花，然而花丛中的人物却面色灰暗，带着忧伤的表情。相信在画家的记忆中，关于这个花园的故事并不令人愉快，大自然的艳丽和人生的暗淡形成鲜明对照。

《矮丛林》，这并不是了不起的风景，在乡间，这样的景色实在很平常。但在画家的笔下，那片丛林色彩何等丰富,阳光在枝叶间闪烁变幻。大自然的奇妙,在树的身上体现得很充分,不管是什么树,不管它们长在什么地方,生得什么模样,没有一棵树是丑的,哪怕它们七歪八斜,也能让你感到生命的多姿多彩。画中的景象,也许只是画家随意的选择,却也传达了自然的美和生命的蓬勃。矮丛林前面是一片湖泊,那一抹深沉的蓝色把绿树和草地衬托得更为明亮。

《茅屋》,画于1890年,凡·高就在这一年离开人世。画面似乎有点漫不经心,像是用色彩画的速写。这幅作品其实还是可以细细品味的,绿色画面中那两个红色的屋顶,从茅屋的烟囱里飘向天空的那缕白色炊烟,在山坡背后涌动的白云,以及画面前方那片起伏的草地,都能让人感受到画家对自然和生命的留恋。

文人情怀

　　林琴南是中国文人中很独特的一位，他不懂英文，却是第一个把大量世界名著翻译成汉语的翻译家。直到现在，还有不少人津津乐道地谈起林琴南用文言文翻译的外国小说，很多老一辈文学家都是读林琴南的译文才开始了解西方小说的。说他是中国文学翻译的开山鼻祖，大概不是夸张之词。

　　林琴南也是画家。前几年我乔迁新居，有朋友送我四幅林琴南的水墨画。这四幅画，是颜色发黄的绢本，画的是山水，绘画的风格在写意和写实之间。它们挂在我的客厅里，天天向我展示着一位上一个时代文人的风雅和情致。

四幅画中，我最喜欢的那幅画的是枯树怪石。画面上，一块巨石耸立，如地下升起的一团浓烟，又如蹲伏在山巅的一头异兽，石下横出一棵老树，枝干虬曲，枝端分出三叉，枝头无一片树叶。也许画的是冬日景象，这枯树，到春天是会发芽长叶，生出葱茏树冠的，但此时它确实是一棵枯树。树下有一个草亭，筑在山巅的平台上。画中无人，是一番清寂萧然的境界。林琴南在画面的左上方题词曰："空亭老树似有墨井风致"。落款为："畏庐林纾"。"畏庐"是林纾的书斋名，在当时，这也是中国的文人们熟知的一个斋名，它也成了林琴南的又一个别名。

第二幅画的是春景。湖岸曲折，杨柳婀娜，可以感觉柳丝在微风中的飘荡。林琴南在画的右上方题了一首七绝："十四年中过御河，杨花阵阵水微波。秋来满眼伤梅落，愁比涵元殿里多。"诗中没有咏春的意思，却写到了秋天。但画中流露的，分明是春天的气息。

另外两幅虽然画得热闹，但稍显拘谨。一幅是庐山风景，画中有山，山上有松树，山下湖泊中有游人泛舟，也有一首题画七绝："昔年湖上过庐山，不到开先鼓楼还。收得丹青入诗梦，水声长在枕头间。"诗比画更有意思。最后一幅，画面上一山兀立，山顶有修竹茂林，山后是万顷湖波，湖上两叶白帆飘然若翼。画上的题词是："爪步江空，秣陵天远。"还有一段小字："苦瓜僧用意若余何仿之终恨其不能遍肖也。"这似乎是摹仿苦瓜和尚的画意，但据我看，和苦瓜和尚的画没有多少关系。林琴南这样的富有创造才能的文人，想来也是不甘摹仿他人的，即便是临摹，也一定会画出自己的心境来。

四幅画的落款各不相同，除了"畏庐林纾"，还有"畏庐纾""畏庐并记"。

神秘天眼

——观喜马拉雅岩画有感

这些装在油画框中的奇妙作品，使我神思翱翔，浮想联翩。

它们是高山岩石的切片，来自世界屋脊——青藏高原。我想称它们为"喜马拉雅岩画"。远古的地壳运动，是这些岩画的成因，它们孕育于亿万年前，形成于一瞬间。留在岩石上的斑斓痕迹，是岁月的造化，是大自然的鬼斧神工。岩石肌理中，蕴含着无穷无尽的色彩，潜藏着千变万化的图像。

这些岩画，仿佛汇聚了古今中外的绘画风格，其中似有油画的浑厚，水彩的轻灵，木刻的端庄，素描的活泼，浮雕的凝重，水墨的飘逸。古典和现代，立体和印象，抽象和写意，都交融在岩石的纹路和裂变之中。

凝视这些岩画，眼前风云变幻，万象灵动。天地间有过的景象，在这里都可窥见，人心中掠过的梦想，在这里也能觅得。它们的画面，境界有大有小，情景有动有静。大则宇宙洪荒，江海浩荡，小则幽草片叶，滴水微澜；动辄群马狂奔，惊涛拍岸，静则闲云轻绕，月照空山。只要善于想象，可以看到岩画中活动着芸芸众生，隐现着无尽天籁。它们如神秘天眼，从亿万年幽暗之中，审视着每一个观赏它们的人，仿佛在问：你，看见了什么？

你看见了什么？我想观者不必在意，见仁见智，见山见水，见人见物，见鬼见神，都是对美的发现，对艺术的憧憬。大千世界，瞬息万变，人人眼里都会有一片新鲜天地。

艺术之奇妙境界，在于能激发观者的想象，共同参与创造，由小及大，由此及彼，发现画外意象，谛听弦外清音。喜马拉雅岩画，小小一片岩石，引人联想到世界的浩瀚和人心的幽邃，岂不妙哉。

向平庸挑战

　　在世界美术史中，德拉克洛瓦是一个光彩四射的名字。在我的印象中，他是美术界的英雄，他崇尚自由，向往革命，血液中奔涌着浪漫的激情。他的一生，是向平庸挑战的一生，是追求理想和浪漫的一生。他作品中那种悲天悯人的情怀和英雄气概，在他同时代的画家中绝无仅有。我在少年时代看到他的《希奥岛的屠杀》和《自由引导人民》，从此就再也无法忘记德拉克洛瓦这个名字，画面上那种惨烈的景象和无畏的激情，使人过目而难忘。我相信他的这两幅画是人类绘画史上最伟大的作品之一，这样的作品，比那些故作激烈的革命宣言和空洞的民权议论要有力量得多。

很遗憾，埃尔米塔什的收藏中没有《希奥岛的屠杀》和《自由引导人民》，但这里也有德拉克洛瓦的不少佳作，譬如《摩洛哥人猎狮》和《备马鞍的摩洛哥人》。

《摩洛哥人猎狮》在德拉克洛瓦的作品中也是出类拔萃的一幅，画面中表现出的紧张气氛给人的印象非常强烈。两个猎人埋伏在一棵大树下，在树的阴影中，他们的面部侧影隐约可见，猎人脸上的紧张表情也可以想见。那个穿红裤子的猎人身体呈现一种箭在弦上的姿态，就像百米赛跑的运动员起跑前的一刹那。狮子在不远的山坡上和猎人对峙着，它蹲伏在地，侧首警觉地倾听着周围的声息，已经预感到面临的危险，只要有风吹草动，有异常的声音出现，它就会猛扑过去。这是人类的勇气和智慧与猛兽之间的较量，虽然画面是静止的，但其中蕴藏的惊险绝不亚于那些血腥厮杀的场面。这幅画的光线处理也很独到，两个猎人的身体半明半暗，身体的上半身隐匿在树的阴影中，下半身暴露在阳光下，一红一黑两身衣裤成为画面的最亮点。德拉克洛瓦不可能亲临猎狮的现场，但对摩洛哥人的狩猎生活一定是熟悉的。德拉克洛瓦1832年访问北非，那年他34岁。他游历了摩洛哥和阿尔及利亚，在那里逗留了很长时间，兴致勃勃地观察了解了非洲的自然景象和当地居民的日常生活，积累了大量创作的素材。回到巴黎之后，非洲的生活就成为他绘画的重要题材。《摩洛哥人猎狮》画于1854年，是在他访问非洲22年之后，可见当时的观察在他的记忆中留下了何等深刻的印记。

在画《摩洛哥人猎狮》的第二年，德拉克洛瓦又画了《备马鞍的摩洛哥人》，和前者相比，这幅画更洋溢出一种充满阳刚之美的英雄气概，画中那位举臂抬鞍的骑手，那匹迎风扬鬃的骏马，都给人一种英姿勃发的印象。这幅画的色调热烈奔放，耐人寻味的是那匹骏马的表情，它似乎有点迫不及待，正和自己的主人打招呼，让他赶紧上马。骏马奋蹄待发的形象，很自然地会使人作这样的联想：摩洛哥骑手策马在辽阔的非洲原野上奔驰，骏马的嘶鸣和飞扬的马蹄声在天地间回响……

图书在版编目（CIP）数据

音乐的翅膀 / 赵丽宏著. -- 武汉：长江文艺出版
社，2021.12（2025.6 重印）
（赵丽宏给孩子的美文：名师导读版）
ISBN 978-7-5702-2305-3

Ⅰ. ①音… Ⅱ. ①赵… Ⅲ. ①散文集－中国－当代
Ⅳ. ①I267

中国版本图书馆 CIP 数据核字(2021)第 160763 号

责任编辑：钱梦洁　　　　　　　　责任校对：程华清
封面设计：柒拾叁号　　　　　　　责任印制：邱　莉　胡丽平

出版：长江出版传媒 ｜ 长江文艺出版社
地址：武汉市雄楚大街 268 号　　　邮编：430070
发行：长江文艺出版社
http://www.cjlap.com
印刷：湖北新华印务有限公司

开本：880 毫米×1240 毫米　　　1/32　印张：5. 75　　　　插页：9 页
版次：2021 年 12 月第 1 版　　　2025 年 6 月第 9 次印刷
字数：72 千字

定价：28.00 元